Martin Eisele

Der Schatz im Drachentempel

illustriert von Klaus Holitzka

Pelikan

ISBN 3–8144–0814–4

Gesamtleitung: U. Luserke
Titel- und Innenillustrationen: Klaus Holitzka
Umschlaggestaltung: Böhm & Heine Werbeagentur GmbH
Gesamtherstellung: westermann druck GmbH,
Braunschweig
Printed in Germany

Inhalt

MISCHA
heißt mit Nachnamen Berger und wird demnächst 15. Da erfährt er, daß sein Leben von einem Geheimnis überschattet ist: Warum erhält ausgerechnet er den Zauberstein von der phantastischen Welt Camelon? Warum wird er auf Camelon „der wahre Erbe der Macht" genannt? Und wieso kann er sämtliche Sprachen aller Menschen, Wesen, Pflanzen und Tiere Camelons so mühelos verstehen und sprechen?

Dabei ist Mischas bisheriges Leben ziemlich normal verlaufen; sofern man als einziger Sohn eines Schauspielerehepaars überhaupt ein normales Leben führen kann (allein in den letzten zwei Jahren machte ihr Beruf immerhin drei Umzüge nötig!).

Wie auch immer: Mischa gilt an der Dr.-Engel-Realschule als Sportskanone – besonders im Zehnkampf nehmen es nicht mal Ältere mit ihm auf. Auch in Deutsch, Geschichte und Englisch ist er besonders fit, ohne ein Streber zu sein. Seine Hilfsbereitschaft macht ihn bei den meisten seiner Klassenkameraden nur um so beliebter. Mischa liest gern, ist in einer Rockband als Sänger aktiv und hat zwei kleine Katzen, in die er förmlich vernarrt ist: Goliath und Fridolin.

Allerdings hat er für sie immer weniger Zeit, nachdem es ihn das erste Mal nach Camelon verschlägt. Auf Camelon ist er der wahre Erbe der Macht, der Träger des Zaubersteins – und so macht er sich mit seinen drei Freunden Rajd, Thay-Lee und El Botzo, dem Kobold, auf, die Rätsel seiner Herkunft und Bestimmung zu lösen. Damit kommt es aber unweigerlich zum Kampf gegen die Meister der Lüge – und ein phantastisches Abenteuer jagt das andere.

THAY-LEE

ist 14 Jahre alt, schlank und durchtrainiert – und wie Mischa ein Draufgänger reinsten Wassers. Als Anführerin der ehrenwerten jugendlichen Diebe von Sammtho knöpft sie den Reichen Geld ab, wo sie nur kann, und verteilt es an Arme und Hungernde. Thay-Lee ist weithin ein Begriff und sehr beliebt – und: ihr Betätigungsfeld (wie sie das nennt) ist beileibe nicht nur auf Sammtho beschränkt . . .

In Thay-Lees Augen glitzert der Schalk, obwohl sie eine schreckliche Kindheit hatte: Sie ist Waise, ihre Eltern hat sie nie gekannt. Aufgewachsen ist sie in den Waisenhäusern von Qham-Dhura, einer Stadt im Norden. Von dort ist sie geflohen, sobald sie alt genug dazu war, und zu den Amazonen von Rhij gegangen. Von klein auf ist sie daran gewöhnt, sich durchs Leben zu schlagen und sich den Lebensunterhalt selbst zu verdienen. In einer rauhen Welt wie Camelon ist dies beileibe nicht einfach. Diese harte Lebensschule aber macht sie anderen, gleichaltrigen, ziemlich überlegen, was sie aber nie großspurig herausstellt.

Auf ihrer linken Wange hat sie eine halbmondförmige Narbe, die hellrot leuchtet, wenn sie aufgeregt oder zornig ist – und dank ihrem hitzigen Temperament ist sie das recht oft. Aber unter ihrer stacheligen Schale verbirgt sich ein goldener Kern. Und manchmal, wenn sie über ihre Eltern nachsinnt und darüber, weshalb sie sie wohl ausgesetzt hatten, wird sie sehr still und traurig.

Im Kampf gegen das Böse auf Camelon sind Mischa und Thay-Lee ein unschlagbares Team!

RAJD
wird deshalb von allen nur Rajd genannt, weil sich seinen vollständigen Namen Rajd Uvo Ben Mandin Kalifato Rajd kein Mensch merken kann. Er ist 17 Jahre alt und der Verspielte König des Wüsten-Kalifats Kuur. „Der Verspielte" heißt er deshalb, weil er vor allem mit Zauberformeln und magischen Dingen herumexperimentiert – sehr zum Leidwesen derjenigen, die in seiner Nähe sind. Aber nichts kann ihn bremsen: außer Essen jeglicher Art ist die Magie seine große Liebe, und so hat er stets ein offenes Ohr für Zauberdinge. Ein richtiger Zauberer ist er allerdings beim besten Willen nicht. Meist vergißt er, beim Aufsagen seiner Zaubersprüche diese oder jene Kleinigkeit zu beachten – und schon ist buchstäblich die Hölle los.

Rajd jedenfalls hält sich trotzdem für unschlagbar – und seit er den Kobold El Botzo (durch puren Zufall) aus einem Käse befreit hat, der auf magische Weise haltbar gemacht war und als Gefängnis diente, ist sein Selbstbewußtsein geradezu gigantisch. El Botzo kann sich dann auch alles herausnehmen – Rajd liebt ihn unerschütterlich und verzeiht ihm alles.

Nun, über Langeweile kann sich der Verspielte nicht mehr beklagen, als er Mischa kennenlernt. Von da an geht's rund – und so gibt es auch für Rajd kein Halten mehr. Er hat genug von katzbuckelnden Beratern und zieht mit Mischa, Thay-Lee und El Botzo los, um dem Guten zu dienen und Abenteuer zu erleben. Das Zaubern will er fortan bleibenlassen – sagt er wenigstens. Leider bricht er diesen guten Vorsatz nur allzuoft . . .

Trotzdem – Rajd ist ein Original, ein prima Kerl und ein toller Freund, auf den man sich blind verlassen kann – *solange er nicht zaubert!*

CAMELON
nach XALYRA
Burg NEBELSTEIN
DAS VERSTEINERTE LAND
FELSENKÜSTE
TEUFELSMEER
Steilpfad ins Vulkanland
Nördlicher Kraterrand
VULKAN LAND
Feuersee
Steilwand
Steilwand
Der Berg DARAGOSS
Rost-Zitadelle
Plateau mit dem DRACHENTEMPEL
Die 4 Feuerflüsse
genannt "Die 4 KREISE DES TODES"
Geysir
DIE TIEFEN BERGE
DRACHEN-HEIMSTATT
Südlicher Kraterrand

1. Der Tod lauert im verbotenen Wald

Die geheimnisvolle Stunde vor dem Morgengrauen war angebrochen.

Für Mischa, Rajd, Thay-Lee und El Botzo sollte es die Todesstunde werden!

Frostige Nebel tanzten wie Gespenster zwischen den kahlen Bäumen des Verbotenen Waldes, über Luftwurzeln, Herbstlaub und Moosboden.

Es war kalt – kälter noch als in der Nacht. Jetzt war die Zeit gekommen, in der die letzten Sterne am Himmel verblaßten, in der es nicht mehr dunkel, aber auch noch nicht richtig hell war. Die Zeit, in der sich die lichtscheuen Wesen der Nacht in ihre Höhlen und Nester zurückzogen und die Sonne verwünschten, die noch hinter den dunstigen Waldesgrenzen verborgen war.

Gefahr drohte jetzt von den unheimlichen Kreaturen des Dämmerlichts. Jetzt war *ihre* Stunde gekommen. Jetzt krochen *sie* aus ihren tiefen Verstecken, schüttelten knurrend die Starre der Nacht ab und – witterten die vier Freunde, die es gewagt hatten, den Verbotenen Wald zu betreten.

Vier Opfer! wisperten sich die Unheimlichen gierig zu. *Vier Opfer für uns!*

Und sie setzten sich in Bewegung! Ihre Tatzen verursachten nicht einmal im knöchel-hoch liegenden Herbstlaub ein Geräusch. Wie Geister waren sie – und die Nebel waren ihre Verbündeten. In ihrem Schutz kamen sie. Unheimlich. Verstohlen. Und – tödlich.

Die Jugendlichen waren ahnungslos. Sie waren in tiefen Schlaf gefallen. Auch dafür sorgten die Nebel mit ihrem verwirrenden Spiel.

Die Stimmung im Wald veränderte sich kaum merklich. Sie nahm etwas Bedrohliches an. Etwas atemberaubend Unheimliches . . .

★

Zwielicht sickerte durch das dunkle Gewirr der Äste. Zaghafte Perlmuttstrahlen, die in die Tiefen des Verbotenen Waldes heruntertasteten und die Nebel aufleuchten und unruhiger wogen ließen. Die Moospolster wirkten wie mit kostbaren Diamanten bestreut, die welken Blätter wie versilbert – in Wirklichkeit waren es Hunderte, Tausende von Tautropfen, die darauf glitzerten und gleißten. Die letzten Schatten der Nacht ballten sich furchtsam dichter zusammen.

Mischa bemerkte es nicht; jedenfalls nicht richtig. Ein seltsamer Bann hatte ihn gepackt – er sah seine Umgebung, und gleichzeitig sah er sie auch wieder nicht. Vor seinen Augen flimmerte es. Fasziniert beobachtete er die wirbelnden Schemen und das aufgeregte Wechselspiel von Hell und Dunkel. Der Nebel, dachte er schläfrig. Es ist nur der Nebel.

Aber dieser Gedanke brachte keine Beruhigung. Der Nebel war gefährlich. Er fühlte es. Bäume und Waldboden, Gestrüpp und Laub – alles war *irgendwie* in Bewegung. Alles kam ihm gerade so vor, als sei es nur mit flüchtigen Pinselstrichen gemalt. Die ganze Umgebung war so unwirklich. Wie unter einem Zauberbann. Wie durchsichtig.

Eine schreckliche Beklemmung stahl sich in Mischas Herz. Sein Atem ging stoßweise. Die herantreibenden Nebelschwaden berührten ihn mit klammen Fingerspitzen.

Ein verzweifeltes Stöhnen wollte in Mischa hochsteigen; eine Warnung für seine Freunde – doch sie erreichte seine Lippen nie.

Die Nachtwache! fieberten neue Gedanken durch seinen Verstand. Ich darf nicht einschlafen. Muß wach bleiben. Meine Freunde . . . sie vertrauen mir. Ich darf nicht einschlafen.

Aber das Wachbleiben war so schwer!

Unsichtbare Gewichte hingen an seinen Augenlidern und zogen sie unbarmherzig nach unten. Und die Nebel wogten heran – und krochen wieder zurück – und kamen abermals; ein ewiges Huschen und Schleichen. Sachte, schaukelnde

Bewegungen in einer grauweißen Unendlichkeit.

Es war still im Verbotenen Wald.

Mischas Augen fielen zu – aber das Wogen und Tanzen der Nebel konnte er weiterhin sehen, denn es war auch direkt in seinem Kopf! Milchige Wellen ergriffen Mischa und trugen ihn davon . . .

„Die Nachtwache!" wisperte eine aufdringliche, störende Stimme tief, tief in ihm – so weit entfernt, daß er kaum auf sie hörte. „Deine Nachtwache, Mischa. Du bist verantwortlich. Thay-Lee. Rajd. El Botzo. Denk an sie. Sie verlassen sich auf dich. Sie schlafen.

Dies hier ist kein friedlicher Ort. Es ist der Verbotene Wald – der Herrschaftsbereich der Hexe Ratzel. Zu ihr seid ihr unterwegs. Erinnerst du dich, Mischa? Denk nach! Mach die Augen auf! Du darfst nicht einschlafen – es wäre euer Tod! Euer Tod!

MISCHA!"

Dieses letzte Wort der gespenstischen Stimme war ein Schrei – ein verzweifeltes Aufbäumen gegen ein schon besiegeltes Schicksal!

Mischa krümmte sich auf dem moosigen Baumstumpf zusammen, die Arme vor dem Leib verschränkt, als habe er Schmerzen. Die Nebel schlängelten sich heran und wogten höher und höher . . . Er konnte nicht mehr richtig denken. Die Stimme – die Warnung – Sekunden darauf erinnerte er sich schon nicht mehr daran. Schneller und schneller wurde Mischa davongetragen – und dann glaubte er plötzlich auf einen unendlichen bleichen Ozean hinauszusehen: ein weites, spiegelglattes Meer, von schmerzhaft grellen Lichtreflexen überzogen. Ein einzelner Felsen ragte darin auf.

Es war ein grauer Gigant. Seine Oberfläche war schroff und vernarbt. An manchen Stellen sah es so aus, als würde von innen mit ungeheuerer Kraft gegen die Steinschale gedrückt werden, so daß hier und da bereits die äußerste Kruste nachgab und abblätterte.

Unwillkürlich mußte Mischa an den Kopf und das Gesicht eines uralten Menschen denken. Ja, genauso sah dieser Felsen aus.

Die Risse und Schründe waren tief eingeschnittene Hautfalten und Runzeln, die Steinwülste waren Wangenknochen und Stirnfläche. Die fleckige, grünlich schillernde Ebene war der kahle Schädelknochen, und da, die beiden schattigen Stellen, das waren die in beinernen Höhlen liegenden Augen.

Und das Meer schäumte und brodelte höher . . .

Es war unheimlich.

Wasser und Himmel verschmolzen miteinander.

Und dann begriff Mischa! Eisiges Entsetzen fraß sich in ihn hinein und raubte ihm den Atem. Dieses Meer . . . Normalerweise hatte die See ihre ureigene Stimme: ein tierhaftes Brüllen, ein verwegenes und dröhnendes Lachen. Hier jedoch – hier gab es nur Schweigen. Eisige Stille.

Es war – ein Trugbild! Ein Traum! Und wenn er sich beidem zu lange ergab, dann würde er nie wieder aufwachen! Nie wieder.

Plötzlich fror Mischa. Plötzlich konnt er seine Augen wieder öffnen. Er zitterte am ganzen Körper und glaubte noch immer, das Felsengesicht und den lautlosen Aufruhr zu sehen. Den fürchterlichen Blick aus den steinernen Augen. Mischa schüttelte sich. Seine Zähne klapperten aufeinander. Aber das Trugbild wich, faserte wie Nebeldunst in der Sonne auseinander – zurück blieben nur Kälte und Angst und Vorwürfe: Er war eingeschlafen! Ausgerechnet hier, im Verbotenen Wald!

Das sorgte für die totale Gänsehaut.

Was, wenn etwas passiert war . . .?

Hier spukt es, hörte er eine geisterhafte Stimme direkt in seinem Kopf raunen.

Nur seine Nerven – oder . . .?

Rajd. Thay-Lee. El Botzo. Mischa setzte sich mit einem

KH

Ruck auf und blinzelte die letzten Reste der Benommenheit endgültig aus den Augen.

Durch das Wogen der Nebel starrte er zu seinen Freunden hinüber, hielt das Stillsitzen nicht mehr aus und stand in einer gleitenden Bewegung auf. Mit zwei Schritten war er bei ihnen.

Sie schlafen, wisperte die Stimme in seinem Kopf. *Sie sind wohlauf. Noch ist nichts geschehen.*

In ihre Decken gewickelt lagen sie vor ihm, an der Feuerstelle, die jetzt nur noch ein schwarzer, narbiger Fleck unter dem Nebel war. Mischa ging neben Thay-Lee in die Hocke, streckte behutsam die Hand aus und zupfte zwei, drei welke Blätter aus ihren blonden Haaren. Sie rührte sich nicht. Normalerweise erwachte sie bei der geringsten Berührung. Aber heute hatte sie ja auch nichts von dem unheimlichen Bann gemerkt . . . Genausowenig wie Rajd und El Botzo.

Also – war wirklich alles in Ordnung?

Mußte er seine Freunde nicht wecken? *Natürlich mußt du das!* peitschte ein wütender und verzweifelter Schrei durch seinen Verstand. Aber er hörte ihn nicht. Und dann hatte er den Gedanken auch schon wieder vergessen.

Mischas Kehle war und blieb wie zugeschnürt. Langsam richtete er sich wieder auf. Erleichterung wollte sich nicht einfinden. Was ging hier vor? Weshalb war er vorhin eingeschlafen – während seiner Nachtwache? Und hatte er nicht Stimmen gehört . . .?

Seine wachsamen Blicke strichen über seine Freunde hinweg und bohrten sich in die Nebelwogen.

Die Kälte des Morgens legte sich wie ein feuchtkalter Mantel um ihn. Ein unzerreißbares Gespinst, das seine Haut kribbeln ließ. Sein Gesicht, seine Finger fühlten sich wie taub an. Wie mit Eis überzogen.

Daran war nicht nur die Kühle des Herbstmorgens schuld, das wußte Mischa instinktiv!

Das war etwas!

Irgend etwas!

Der Zauberstein, den er an der Silberkette um den Hals trug – unter der warmen Wildlederjacke, dem Pullover und dem Flanellhemd verborgen – hatte sich leicht erwärmt. Ein unmißverständliches Zeichen für drohende Gefahr. Als hätte es das noch gebraucht! Mischa *war* längst gewarnt. Aber – vor was? Oder vor wem?

Ein unsichtbarer Gegner in dieser Waschküche war automatisch tausendmal bedrohlicher. Tief in Mischas Innern rastete etwas ein. Seine Nerven spannten sich wie Drahtseile. Jetzt bloß nichts Unüberlegtes tun oder gar Angst zeigen, sagte er sich, ballte die Fäuste und riß sich eisern zusammen.

Er und seine Freunde wurden beobachtet! Aus dem Dämmerlicht des Waldes heraus! Aus den Tiefen der Nebel hervor! Sekundenlang konnte er an nichts anderes denken. Da war jemand – oder etwas. Er spürte es. Lieber Gott, er spürte es mit jeder Faser seines Körpers.

Aber er ließ sich seine Bestürzung nicht anmerken.

Vorsichtig, lauernd umrundete Mischa das Lager in der kleinen Lichtung. Der neblige Herbstwald umgab ihn wie das Innere einer großen Kirche. Die Gefahr war spürbar – aber sie war nicht zu sehen.

Oder täuschte er sich? Redete er sich die Gefahr nur ein? Mischa schüttelte nachdenklich den Kopf. Noch einmal wurde er unsicher. Vielleicht war dieses miserable Gefühl nur – Einbildung? Aber warum kam er sich dann so hilflos vor? So ausgeliefert? Nervös kaute er auf seiner Unterlippe herum.

„Ein schlechtes Gewissen sorgt bekanntlich für die unmöglichsten Knaller", murmelte er halb spöttisch, halb verärgert. Und Grund für ein schlechtes Gewissen hatte er; auf Wache einzuschlafen, das war *der* Hammer.

Mischa schüttelte den Kopf und kehrte um. Besser, ich wecke die Anderen, bevor mir vollends der Himmel auf den Kopf fällt. Verwundert lauschte er diesem Gedanken nach.

Hatte er das nicht vorhin schon einmal gedacht?

Der Nebel ballte sich zusammen, wie von unsichtbaren Händen geformt: bleiche Mauern und Korridore entstanden, in denen schattengleiche Gestalten voranzuhuschen schienen. Schlagartig kam sich Mischa zwischen den fahlen Wänden eingesperrt vor!

Weitere massige Barrieren glitten lautlos heran. Das Grau strömte in dichten, wattigen Klumpen aus dem Boden. Es quoll zwischen Blättern und Moosen hervor – und es kam aus den Tiefen des Verbotenen Waldes herbei.

Mischa konnte nicht einmal mehr die eigene Hand vor Augen sehen. Der Weg zum Lager zurück war von dem feuchten, kühlen Nichts buchstäblich verschluckt worden.

Er war von seinen Freunden abgeschnitten!

Und da geschah es!

2. Fress-Moos und Blätterwisch!

Plötzlich zersplitterte die Stille wie altes Spiegelglas!

Ein schauriges Dröhnen und Knirschen ließ den Waldboden bis in die tiefsten Tiefen hinein erzittern. Der Untergrund wölbte sich wie der Buckel einer Katze geschmeidig und mit großer Wucht in die Höhe.

Mischa wurde total überrascht. Er stürzte nach vorn, spürte die frostigen, huschenden Bewegungen der Nebelfinger in seinem Gesicht und mußte sich gewaltsam zusammenreißen, um nicht laut aufzuschreien. Es war ein Gefühl, als würden eisige Käfer über seine Haut kriechen. Mischa sah den bebenden und ruckenden Waldboden auf sich zurasen – und kam im nächsten Moment auf. Laub wirbelte und puffte wie Gestöber aus Daunenfedern hoch. Geschickt rollte Mischa über Kopf und Schultern ab, bemerkte für zwei, drei Sekunden überdeutlich, wie ihn Modergeschmack und der Geruch von feuchtem Moos und Erdreich wie ein Leichentuch einhüllten – dann stand er wieder auf den Füßen.

Du liebe Güte! durchfuhr es ihn. *Was ist das?*

Was für ein Lebewesen verursachte solche Geräusche?

„Rajd! El Botzo! Lee! Aufwachen! Los – schnell!" brüllte Mischa gegen den kreischenden und berstenden Aufruhr an, während er bereits durch das Zwielicht der Nebel rannte.

Seine Stimme krächzte, war aber laut genug. Von irgendwoher hallten sogar verzerrte Echos wider.

Von seinen Freunden jedoch erhielt Mischa keine Antwort!

Die Welt schien aus den Fugen zu gehen. Das Krachen und Dröhnen und Splittern steigerte sich. Die ganze Umgebung zitterte und wackelte, die Nebelschwaden rissen auf und gaben den Blick frei auf ruckende und gegeneinanderschabende Bäume, Äste und Zweige. Ein reißendes Fetzen kam noch hinzu. So mußte es sich anhören, wenn ein Riese in sinnloser Zerstörungswut Bäume aus dem Boden riß und zerfaserte – oder Felsen mittendurch spaltete.

Mischa legte Tempo zu, brüllte noch einmal die Namen seiner Freunde und fluchte in sich hinein, als sie sich noch immer nicht meldeten. Das ging nicht mit rechten Dingen zu! Die Vorwürfe, die er sich selbstquälerisch machte, wurden immer schlimmer. Wenn ich nicht eingepennt wäre, vorhin, sagte er sich, dann hätten wir vielleicht noch eine Chance gehabt. Oder wenn ich sie gleich nach meinem Aufwachen geweckt hätte. Aber das war unmöglich gewesen. Die Nebel hatten es verhindert . . . Er wußte es – und doch wollte er das nicht gelten lassen. Er hätte stärker sein müssen . . .

Der Boden wackelte immer hektischer – wie ein gigantisches Meer aus Pudding, das unter zittrigen, dünnen Schleiern verborgen lag. Aber dieses Zittern und Wackeln konnte Mischa ausgleichen. Er blieb auf den Füßen, und er kam auch einigermaßen gut voran. Die Richtung, in der das Lager zu finden sein mußte, kannte er trotz Nebel und Geräusch-Chaos. Die Sorge um seine Freunde trieb ihn vorwärts. Er nahm keine Rücksicht auf sich selbst. Aufgeregt wirbelten die Gedanken hinter seiner Stirn – so sehr, daß er den Aufruhr nur zweitrangig wahrnahm.

Warum meldeten sie sich nicht? Hatten Sie ihn nicht gehört, oder . . . Oder – was? hakte er bissig nach. Schlafen konnten sie jedenfalls nicht mehr! Der Krach hier weckte selbst Tote auf!

TOTE! – Ein eisiger Schauer kroch ihm über den Rücken, als dieses eine schreckliche Wort noch einmal in ihm widerhallte. Seine Nackenhärchen sträubten sich, und das Grauen sorgte dafür, daß sich eine gemeine, kalte Schwärze in Mischa ausbreitete.

Im Stillen hatte Mischa seine Schritte mitgezählt. Dreißig bisher. Und noch immer war er nicht im Lager!

Es hatte keinen Sinn, daß er sich etwas vormachte. So weit hatte er sich nie von seinen Freunden entfernt. Er war in der falschen Richtung unterwegs!

„Rajd! Thay-Lee! Botzo! Meldet euch doch!"

Mischa drehte sich um die eigene Achse. Überall nur – grau, grau, grau! Der Nebel kroch jetzt auch an seinen Beinen hoch. Mischa bemerkte es an der Kälte, hütete sich aber, im Laufen nach unten zu sehen. Er hatte Angst vor dem, was er dort sehen würde: brodelnde, schwappende Nebelmassen, kalte, schleimige Bewegungen . . .

Unheimliche Schemen, die ihn mit teigweichen, tastenden Fingern festhalten wollten – oder in eine andere Richtung abzudrängen versuchten.

Das gehörte zu ihrem Plan!

Er sollte sich verirren. Von seinen Freunden getrennt werden. Einzeln waren sie leichtere Opfer für – ja, für *wen*?

Es war nicht wichtig. Nicht jetzt. Und Mischa gab nicht auf. Eisern hielt er sich unter Kontrolle, taumelte und rannte weiter durch das aufgewühlte Nichts, verließ sich ganz auf sein Gefühl, nicht mehr auf seinen Verstand, seine Augen.

Er konzentrierte sich auf Rajd. Auf den großen, dicken Rajd, der seinen Bauch so liebenswert verschämt unter seinen weiten Kalifenkleidern tarnte. Er versuchte, sich den riesengroßen, bunten Turban vorzustellen, das gutmütige Gesicht, die freundlichen Augen – die immer unternehmungslustig blitzten.

Mischa hastete weiter. Mit halb geschlossenen Augen nahm er seine Umgebung nur noch wahr. Fratzengesichter schienen in den Nebelmassen zu schweben und ihm boshafte Grimassen zu schneiden; furchtbare Zerrbilder des Gesichts, das er sich vorstellte.

Wenn er genauer hinsah, verschwanden sie. Wie Wachsbilder, die man über ein offenes Feuer hielt. Sie zerliefen, verschwammen, wurden zu einem undeutlichen grauen Nebelschmier – zu auseinandertreibendem, schlierigem Nichts!

Weiter!

Das Blut pochte heftig in Mischas Schläfen. Sein Atem kam ihm unnatürlich laut vor. Sein Mund war völlig ausgetrocknet – und mit Nebel gefüllt! Mit jedem Atemzug pumpte ihn Mischa in sich hinein. Entsetzen ließ ihm heiß und kalt werden. Der Nebel in seinem Mund verwandelte sich in Watte, in alles dämpfende, ausfüllende Watte.

Mischa taumelte. Schwäche breitete sich in ihm aus. Mit jedem Schritt saugte ihn der weiche, federnde Untergrund, den er im Nebelgrau nicht sehen konnte, tiefer in sich hinein. Schon reichte das Grau bis an Mischas Brust. Jetzt riskierte er den Blick nach unten doch. Nur seine Schultern waren noch zu sehen. Seinen restlichen Körper schien es gar nicht mehr zu geben, obwohl er ihn noch spürte. Prickelnd und gleichzeitig klamm. Wie betäubt.

Aber noch konnte er sich bewegen. Noch stand er auf den Füßen, auch wenn er taumelte wie ein Grashalm im Sturm.

Mischa rang nach Atem. Der Zauberstein! durchzuckte es ihn, und in diesem Augenblick hatte er das Gefühl, daß dies sein erster *unbeeinflußter* Gedanke seit langer, langer Zeit war!

Ja, plötzlich kam sich Mischa wieder wie er selbst vor. Der dumpfe Druck hinter seiner Stirn wich. Er sah Rajds Gesicht ganz deutlich in seinen Gedanken. Und auch Thay-Lees Gesicht. Und das von El Botzo.

Der Zauberstein . . .

Und Mischa spürte das kraftvolle Pulsieren des geheimnisvollen Juwels, das er auf seiner Brust liegen hatte, spürte, daß es heiß war, glühend heiß. Mischas Hände hoben sich, krochen millimeterweise, wie fremdartige Spinnen auf fünf Beinen nach oben.

Kälte war in Mischa. Nebel war in Mischa. Jedenfalls kam es ihm so vor. Seine Knie gaben nach – aber er riß sich wieder hoch.

In einer unmenschlichen Willensanstrengung hielt er sich aufrecht. Gegen die Macht der unheimlichen Nebel. Gegen den Zauberbann des Verbotenen Waldes. Er trotzte dem Aufruhr ringsum. Er sperrte das Bersten und Krachen – und die Angst – einfach aus und taumelte und torkelte weiter. Die Umgebung schwankte. Rajd. Thay-Lee. Botzo. Mischa schloß die Augen. Jetzt sah er die Gesichter seiner drei camelonischen Freunde ganz deutlich vor sich. Thay-Lees blonde Mähne. Ihr verwegenes Lachen. Und El Botzos winziges Koboldgesicht: ganz Bart, mit zwei riesengroßen, treuherzigen Augen. Sein Mund öffnete sich, es sah aus, als würde ihm der Kleine etwas zurufen. Ganz deutlich sah Mischa die beiden einsamen Zähne, einer oben, der andere unten.

★

Noch immer mit geschlossenen Augen tappte Mischa weiter. Seine Hände hatten den Zauberstein unter den dämpfenden Schichten des Hemdes, des Pullovers und der Lederjacke hervorgeholt. Jetzt umschmiegten sie ihn. Die Wärme, die von dem Juwel ausging, erfüllte Mischas Hände, schmolz die Eisschicht, die sich auf seiner Haut gebildet zu haben schien, und strömte weiter, wurde in den Blutkreislauf geschwemmt und von dort aus rasend schnell durch Mischas ganzen Körper verbreitet. Der Nebel und die Kälte in ihm wichen, zerschmolzen. Mischa ging weiter. Er drückte die Augen fest aufeinander. Er spürte den Waldboden unter sich, den weichen Belag aus braun verfärbten Tannennadeln und bunten welken Blättern. Er fühlte, wie der Boden unter seinen Schritten federte und vibrierte. Das Dröhnen schien es plötzlich nicht mehr zu geben . . .

Da knackte ein Ast!

Direkt neben Mischa!

Er reagierte trotz seiner Erschöpfung blitzartig – schneller, als manche denken konnten. Er stieß sich ab, wirbelte um die eigene Achse herum und weg, daß die welken Blätter nur so davonspritzten.

Im nächsten Augenblick sah er den Schatten!

Er kullerte direkt darauf zu!

„Was denn? Was denn?“

Eine winzige Gestalt brachte sich mit einem tollkühnen Seitwärtshüpfer in Sicherheit. Gerade noch rechtzeitig, sonst wäre sie von Mischa buchstäblich niedergewalzt worden.

Der kleine Bursche landete kopfüber in einem Laubhaufen, überschlug sich zappelnd und zog eine richtige Schneise durch das Blättergewirr, bevor er endgültig zum Stillstand kam.

Oh nein! durchfuhr es Mischa. Aber damit kam die Erleichterung – es war, als hätte diese Aufregung einen Staudamm in seinem Innern niedergerissen. Plötzlich hatte er wieder Hoffnung – und genügend Kraft.

Er sprang auf.

„Sag mal!“ beschwerte sich El Botzo gerade – denn um niemand anders handelte es sich bei dem so geheimnisvoll aus dem Nichts aufgetauchten Gesellen. Der Kleine rappelte sich auf, fluchte, zupfte Laub aus seinem Bart und klopfte sich selbiges auch von seiner schwarzen, bodenlangen Kutte.

Den Schlapphut, den Botzo bei seinem Tiefflugmanöver verloren hatte, hob Mischa für ihn auf und stülpte ihn dem Kleinen über die krause Haarpracht.

„Was ist denn mit dir los, häh?" wollte der Kobold mit zittrigem Stimmchen wissen. „Du führst dich ja vielleicht auf! Erst verschwindest du im Wald, trotz deiner Wache, und ich darf dich suchen – und dann legst du gleich mit einem Mordanschlag los . . . Kobolde sind ungenießbar, kapier das, du – du – Mensch, du!"

Botzos Gesichtchen war hochrot angelaufen.

Mischa pflückte den Kleinen aus dem Laubhaufen. „Komm, hör auf. Das war keine Absicht. Was mußt du dich auch so anschleichen? Führ mich zu den Anderen, schnell."

Botzo nickte, als habe sich eine längst gehegte Vermutung bestätigt. „Auch noch Sonderwünsche. Das hat man gerne . . ."

„Verflixt, hörst du denn nicht, was hier –" Mischa unterbrach sich mitten im Satz.

Stille herrschte!

Das Dröhnen und Knacken und Reißen war endgültig verstummt. In Mischas Ohren summte noch der Nachhall des Aufruhrs. Er schüttelte verdutzt den Kopf.

El Botzo starrte ihn forschend an. Seinem bärtigen Gesicht sah man an, daß er Mischa momentan für nicht ganz zurechnungsfähig hielt. Dementsprechend tippte sich der Kobold dann auch bezeichnend gegen die Stirn. „Sag mal, Mischa, hast du das öfters . . .?"

„Werd nicht frech! Wo sind die anderen, sag schon . . . Wir müssen von hier verschwinden, und zwar so schnell wie möglich, weil –" Er erstarrte, sah über El Botzos Hutspitze hinweg und hatte das Gefühl, innerlich zu vereisen!

Da!

Er hatte die verstohlene Bewegung deutlich gesehen.

Jenseits der kleinen Lichtung, in der sie lagerten. Dort rissen die Nebelwände jetzt auf. Dort zeigte sich das Dämmerlicht des Waldes.

Für einen winzigen Moment glaubte sich Mischa aus vielen Augenpaaren heraus angestarrt.

„Siehst du es auch?"

„Was denn, du Blindschleiche?" schimpfte der Kobold und schielte ebenfalls Richtung Waldrand.

Mischa achtete nicht mehr auf den Kleinen. Im Nebel bewegte sich dort drüben ruckartig ein kahler, grauschwarzer Ast, der mit seinen dürren Zweigen wie die verkrüppelte Hand eines alten Mannes aussah. Da zitterte ein Dornengestrüpp, als sei ein zorniger Waldgeist hineingefahren. Und jetzt, da drüben, im treibenden Nebel nur wie in Zeitlupe zu erkennen – wirbelte Laub vom Boden hoch! Große, dichte Blätterwolken, die wie übermütige, braune, goldfarbene und flammend rote Schmetterlinge im Grau flatterten.

Der Wind konnte es nicht gewesen sein, denn momentan regte sich nicht das geringste Lüftchen im Verbotenen Wald.

„Jetzt reicht's!" knirschte Mischa und ging entschlossen los.

El Botzo sah ihn sonderbar an und hüpfte aus Mischas Armbeuge.

Mischa beachtete es nicht. Er behielt die Stelle am Rand der Lichtung im Auge. Er starrte auf die wirbelnden Blätter, den immer noch zitternden Ast, der ihm in grausiger Fröhlichkeit zu winken schien – und er hörte die gegeneinanderscharrenden Dornenranken. Das war kein Trugbild, keine Einbildung.

„Mischa, besser, wir passen auf . . .", warnte El Botzo. Also hatte er es auch gesehen.

„Hol die anderen", flüsterte Mischa. „Sie sollen die Waffen mitbringen. Beeil dich!"

El Botzo stellte keine überflüssigen Fragen – nicht jetzt. Auf seinen krummen Beinchen wetzte er davon. Die Kutte

flatterte. Den riesigen Schlapphut hielt er mit beiden Händen fest.

Mischa ging weiter. Seine Nerven spannten sich an. Wer immer hier seinen Schabernack mit ihm trieb – er würde feststellen, daß jetzt die Sättigungsgrenze für seine Geduld erreicht war.

Die letzten Blätter sanken herunter.

Neue pufften nicht mehr hoch.

Der Zustand dauerte allerdings nicht lange. Ein Kichern wurde neben Mischa laut, Laub fuhr hoch und schlug ihm ins Gesicht. Mischa fluchte. Unter dem Bodenlaub rührte sich etwas . . .

Etwas Schnelles, Schlangengeschmeidiges. In wilden Zick-zack-Linien huschte es weg. Gleich darauf wirbelte fünf, zehn Meter entfernt abermals Laub hoch – ein wildes Gestöber; so sah es aus, wenn sich Kinder in großen Laubhaufen balgten und dabei die Blätter übermütig büschelweise hochwarfen und jauchzten. Die Blätter kreisten, flatterten und sanken dann wieder traurig dem Boden entgegen.

Nur – hier gab es keine Kinder, die für das mysteriöse Treiben sorgten.

„Komm! Lauf mir nach!" lockte ein krächziges Stimmchen. „Ich will dich retten. Retten vor dem Freß-Moos. Komm. Schnell. Du mußt hinter mir herlaufen."

Jetzt gab es für Mischa kein Halten mehr. Er startete durch. Mit drei, vier großen Sätzen war er an Ort und Stelle. Die Blätter setzten gerade weich wie Daunenfedern auf dem Boden auf. Das Stimmchen entfernte sich – und zwar begleitet von einem lauten Rascheln, als würde jemand unter der Laubschicht mit Volldampf davonrasen. Mischa ruckte herum – und tatsächlich, da sah er die ‚Bugwelle' im Laub. Irgendwer machte sich darunter aus dem Staub!

Mischa spurtete hinterher, und im Rhythmus seiner Schritte hörte er immer wieder „Freß-Moos –

Freß-Moos – Freß-Moos!" durch seinen Verstand pochen.

Allein dieser Name sorgte dafür, daß das Blut schneller durch seine Adern pulste. Freß-Moos! Ein schrecklicher Begriff, drohend und unheimlich. Und zweifellos gab es in diesem Nebelwald mehr als nur eine Bestie, zu der er paßte!

Aber Mischa war davon überzeugt, daß ihn der Unsichtbare unterm Laub nur bluffte. Er wollte ihm damit Angst einjagen, mochte der Himmel wissen, warum.

Aber damit war es vorbei. Mischa war entschlossen, sich den Wicht zu schnappen und ihm einige höchst unbequeme Fragen zu stellen.

Die Nebel lichteten sich, hoben sich wie schmutziggraue Leinenvorhänge in einem uralten, staubverkrusteten Theater. Mischa jagte hinter dem Winzling her, wich tiefhängenden, blattlosen Zweigen aus, kämpfte sich durch ein Gestrüpp und sprang mit hochgerissenen Armen über tückische Luftwurzeln hinweg.

Weit hinter sich glaubte er die aufgeregten Stimmen seiner Freunde zu hören.

Mischa holte das Letzte aus sich heraus.

Der Geist unterm Laub war schneller.

Jetzt raste er in einem weiten Bogen und mit über sich wirbelnden Blättern'nach rechts.

Aus den Augenwinkeln bekam Mischa mit, wieso! Links erhob sich ein gigantischer Schatten! Die Kälte des Todes brandete aus einem ungeheuerlichen Höllenschlund heraus!

„Nicht stehenbleiben!" fiepte der Geist unterm Laub. „Nicht stehenbleiben! Das Freß-Moos . . .!"

Aber das Unglück war nicht mehr aufzuhalten!

Der Schock rammte sich wie eine glühende Messerklinge in Mischas Verstand hinein. Er rechnete mit einem Angriff und ruckte alarmiert herum. Gleichzeitig riß er seinen Dolch aus der Gürtelscheide und wollte sich dem Unheimlichen stellen. Das war immer noch besser, als in panischer Angst blindlings davonzulaufen und ihm den Rücken zuzukehren.

Es war eine Reaktion ohne nennenswerte Schrecksekunde, eine Reaktion, die Mischa in Fleisch und Blut übergegangen war.

Jetzt sollte sie sein Schicksal besiegeln!

★

Nur ein paar Millimeter weit hatte ihn der Schwung seiner Drehbewegung nach vorn gerissen – aber das genügte!

Plötzlich spürte Mischa keinen Boden mehr unter den Füßen. Er sackte nach unten weg. Den Eindruck des riesenhaften Wesens über sich und rings um sich herum nahm er mit auf seinen Sturz in die Finsternis. Etwas Großes hatte seinen Schlund geöffnet – wie eine titanische Muschel. Von oben hingen bizarre, pelzige Büschel herunter – tief unter Mischa gurgelte es (sozusagen in der unteren Muschelhälfte) unheimlich.

Mischa krachte mit dem Rücken gegen feuchtes Erdreich. Ein stechender Schmerz geisterte durch seinen Rücken, die Luft blieb ihm weg. Er rutschte über eine gewölbte Fläche nach unten. Verzweifelt ruderten seine Hände durch die Luft, suchten nach einem Halt, den es offensichtlich nicht gab.

Keuchend warf sich Mischa herum. Vor seinen Augen flimmerte es grell. Den Dolch hatte er nicht losgelassen. Als er die Klinge jetzt halb blind vor Schmerzen nach vorn rammte, blitzte der Stahl kalt auf, bevor er sich in das Erdreich bohrte!

Ein Ruck!

Mischa wurde herumgerissen, sein Körper schlenkerte hin und her – und hing dann über einem brodelnden, gierig schmatzenden Abgrund, allein von dem in den Boden gerammten Dolch gehalten.

Es war schrecklich.

Seine Muskeln verkrampften sich. Mischa wagte kaum zu atmen. Was war das für ein Ungeheuer? Da unten, in der

Tiefe nur als schmieriges Rosarot zu erkennen, mußte das mörderische Verdauungsorgan sitzen, wahrscheinlich auch die Reißzähne. Das hier war demnach also tatsächlich so etwas wie die Mundhöhle . . . Und die Wand, an die er sich schmiegte, war –

Es war keine normale Wand, erkannte er. Sein Magen vibrierte. Aber Mischa dachte seinen Gedanken zu Ende. Es war das Maul des Ungeheuers, von einer krumigen, feuchten Erdschicht überzogen – Tarnung vermutlich, falls das Maul offenstehend auf ahnungslose Opfer lauerte.

„Hierher!" hörte er weit über sich das aufgeregte Fiepen des Blättergeistes. „Er ist in den Schlund des Freß-Mooses gestürzt! Herbei, hierher, schnell, bevor sich das Maul wieder schließt . . ."

Mischas Kopfhaut zog sich schmerzhaft zusammen.

Hastig griff er mit beiden Händen fester zu. Der Dolchgriff schien zu glühen. Aber Mischa beachtete diese Hitze kaum. Er hatte andere Sorgen. Er mußte sich seinen Freunden bemerkbar machen, er mußte –

In diesem Moment lockerte sich die Klinge, neigte sich abwärts! Mischa hielt die Luft an, preßte sich gegen die stark nach Fäulnis und Moder riechende Erdwand, unter der er das geschmeidige Fleisch der muschelähnlichen Freß-Moos-Bestie ahnte.

Das Gurgeln unter ihm wurde zornig!

Mischa biß sich auf die Lippen. Wie ein Dummkopf war er in die Falle getappt! – Zuerst das Einschlafen auf Nachtwache, dann der Nebel, die Benommenheit . . . Und jetzt das. Was war heute bloß los!

Behutsam legte er den Kopf in den Nacken, zwang sich beinahe gewaltsam zur Ruhe – und spähte nach oben. Der blitzlichtartige Eindruck von vorhin bestätigte sich jetzt: Das Freß-Moos war tatsächlich eine Art Muschel – ein Wesen, das ganz aus Maul und Rachen bestand; und die obere Hälfte dieses ‚Muschelrachens' senkte sich jetzt herunter!

Langsam, grauenhaft langsam! Dieses Monster war sich seiner Beute sicher!

Mischa starrte auf das flaumweiche Moos, das den herabsinkenden Teil des Ungeheuers überzog und eine perfekte Tarnung abgab.

Mehr und mehr wurde das bleiche Morgengrauen ausgesperrt!

Verzweiflung schoß in Mischa hoch. Er wußte, daß er verloren war, wenn sich der ‚Deckel' des Freß-Moos-Rachens über ihm schloß. Dann würde er hier drinnen ersticken – oder, was noch wahrscheinlicher war: seine Kräfte würden nachlassen, mehr und mehr, unerbittlich, und dann würde er endgültig nach unten rutschen, unweigerlich hinein – mitten hinein in den mahlenden rosaroten Schlund des Ungeheuers!

Oben tauchten Schatten am Rand des Freß-Moos-Schlundes auf!

„Kommt bloß nicht zu nahe heran!" brüllte Mischa hinauf. Seine Halsmuskeln spannten sich dabei an wie Stahlseile.

Erdkrumen rieselten auf Mischa herunter. Abermals war ein Teil des Fallgrubenrandes abgebröckelt. Mischa blinzelte die winzigen Teilchen weg. Seine Zunge wischte über ausgedörrte Lippen.

Da!

Rajd, an seiner massigen Gestalt und dem wagenradgroßen Turban auch als Schattenriß unschwer zu erkennen – hüpfte mit einem wilden Schrei zurück.

„Warte, ich leg mich auf den Bauch!" schrie er mit zittriger Stimme zu Mischa herunter. „Ganz ruhig! Wir holen dich da raus!"

Seine Stimme hallte von unten wider – und wurde mit einem ärgerlichen Schmatzen beantwortet.

Mischa keuchte vor Anstrengung. Schweiß sickerte ihm in die Augenwinkel und brannte dort wie Säure.

Ein grollendes Knarren war zu hören. Der obere Teil der

Muschel schloß sich langsam weiter – Moosbüschel zitterten, Dreckklumpen fielen ab.

Eine teuflische Falle schloß sich über ihrem hilflosen, vor Grauen fast gelähmten Opfer!

Die Panik wühlte in Mischa. Er wollte nicht sterben – und schon gar nicht hier drinnen! Nicht hier! Alles in ihm bäumte sich auf. Er war kurz davor, durchzudrehen. Auf seiner Stirn traten dicke Adern hervor und pulsierten rhythmisch.

Das Freß-Moos war eine lebende Falle – eine perfekte Todesfalle! Tief ins Erdreich hatte es sich hineingewühlt, und dann von Moos und Laub zudecken lassen. Wenn sich ein Opfer heranwagte, klappte der obere Teil des Maules blitzschnell auf und schnappte zu – oder die Beute rutschte unwillkürlich über den erdreichverkrusteten Schlundrand nach unten, dorthin, wo jedes Leben mit wilden, zuckenden Kaubewegungen ausgelöscht wurde.

Unvorstellbar – aber wahr! Für Mischa ein Wirklichkeit gewordener Alptraum.

Er durfte nicht mehr daran denken. Er mußte sich ablenken – irgendwie. Und – er mußte ruhig bleiben.

Rajd!

Der verspielte König lag oben, am Abgrund, auf dem Bauch, streckte die Hand aus und tastete mit zittrigen Fingern herunter.

Dankbarkeit und jähe Hoffnung durchfluteten Mischa.

Auch ohne Worte wußte er, was Rajd vorhatte.

Er spannte die schmerzenden, verknoteten Muskeln an, lockerte den schweißnassen Griff seiner linken Hand vom Dolchgriff, löste die Hand schließlich ganz und ließ sie langsam, ganz behutsam, nach oben schweben.

Das Maul des Ungeheuers zuckte – deutlich zu spüren unter der in langen Jahren festgebackenen Erdschicht.

Ein nervenzerreißendes Knirschen wurde laut!

Mischa zuckte wie elektrisiert zusammen und preßte die

Luft zwischen den Zähnen hindurch. Der Dolch gab wieder nach, die Erdkruste wurde aufgeschlitzt, verästelte sich in langen Windungen und Schluchten . . .

Im nächsten Moment rutschte Mischa weiter nach unten, obwohl er sich verbissen an der immer noch steckenden Waffe festklammerte.

Sein Kopf ruckte herum. Mischa starrte an seinem Körper entlang in die grausige, finstere, stinkende Tiefe hinab – Geradewegs auf das zuckende rosafarbene Maul, auf das er unweigerlich zuglitt!

Kreisförmig war der Rachen da unten, und kreisförmig waren rings um ihn herum fürchterliche Zahnreihen angeordnet!

Er schrie! Aussichtslos! Es war aussichtslos!

Rajds immer noch ausgestreckte Hand war jetzt so unerreichbar wie der Mond!

★

Mischa blinzelte die Schweißtropfen aus den Augen. Sein Rücken schien zu Eis zu werden, gräßliche Schmerzen überzogen seine Muskeln, badeten sie in Feuer!

Dann hörte Mischas Höllenfahrt wieder auf!

Er saugte Luft in seine schmerzenden Lungen, schloß kurz die Augen – und sah trotz der zugedrückten Lider die gräßlichen Zähne tief unten.

Oben, am Rand des Maules, wurde aufgeregt diskutiert. Mischa sah Thay-Lee, sah die energischen Gesten, mit denen sie auf Rajd und den nicht sichtbaren El Botzo einredete.

Dann zogen sich die Gestalten zurück. Schattenspiele geisterten über die Maul-Wand. Mischa fror. Nie hatte er sich einsamer gefühlt . . .

Der obere Rachen-Deckel sank weiter herunter, begleitet von Mahlen und Knirschen!

Noch zwei, höchstens drei Minuten, schätzte Mischa, dann war er hier drinnen eingesperrt!

Den Zauberstein konnte er nicht aktivieren! Er war zwischen der Wand und ihm, Mischa, eingeklemmt. Aussichtslos! Aussichtslos! dröhnte es durch seinen Kopf. Sein klares Überlegen wurde überschwemmt von giftgelben, schäumenden Wogen der Verzweiflung. Eine Verzweiflung, die immer höher brodelte. Die ihn zittern und wie ein verängstigtes Tier nach einem möglichen Ausweg suchen ließ.

Aber – es gab keinen Ausweg! Keinen – außer demjenigen, der über ihm klaffte. Noch.

Ein Spalt, ein halbmondförmiger Spalt, der sich mit jeder Sekunde verkleinerte, weil die obere Hälfte dieses Rachens herabschwebte . . .

Mischa schlug seine Stirn gegen die körnige Wand, drückte die Augen kurz wieder zu und hörte dann den Ruf von oben her.

„Hast du noch Halt?"

Das war Thay-Lees helle und doch energische Stimme.

„Ja!" Er wollte es laut hinaufrufen – aber es wurde nur ein armseliges Krächzen daraus. „Ja", wiederholte er.

„Gut. Wir geben dem Freß-Moos was zwischen die Kiefer, damit es beschäftigt ist. Wir lassen dich nicht im Stich. Wichtig ist jetzt nur, daß du die Nerven behältst, klar?"

Eine Antwort wartete sie erst gar nicht ab. Die Zeit drängte.

Mischa zählte die Sekunden.

Er dachte an El Botzo, an den Verbotenen Wald – an ihr ganzes verrücktes und tollkühnes Unternehmen. Sie waren in den Verbotenen Wald gekommen, um die Hexe Ratzel zu finden. Sie wollten sie um Hilfe bitten, denn nur eine Frau mit ihrem Wissen konnte ihnen die noch fehlenden Zutaten zu dem Zaubertrank nennen.

Zaleikars Zaubertrank . . .

Und jetzt hing er hier, im Rachen eines gefräßig schmatzenden Ungeheuers – und –

Seine Gedanken drehten sich im Kreis. Normalerweise

wäre diese Situation hier gar kein Problem. El Botzo hätte ihn per Zeitlosem Hüpfer holen können – indem er sich hier herunter wünschte, ihn, Mischa, packte und zack, per Kobold-Magie wieder nach oben entfleuchte. *Normalerweise,* wiederholte Mischa bitter. Im Verbotenen Wald aber war nichts normal – da funktionierten weder El Botzos Kobold- noch Rajds Zauberkräfte. Nichtmal unsichtbar konnte sich der kleine Kobold hier machen. Geschweige denn per Gedankenbefehl von Punkt A nach Punkt B gelangen – und das noch, ohne daß auch nur eine Sekunde verging. Deshalb der Begriff: Zeitloser Hüpfer.

Fünfzehn, sechzehn, siebzehn, achtzehn!

Oben wurde ein Knirschen laut! Mischa hätte sich beinahe auf die Zunge gebissen vor Schrecken.

Jetzt starrte er hinauf, sah den langen Schatten und hörte das Knirschen, das ihn an dasjenige von vorhin erinnerte – und erkannte Einzelheiten! Der Schatten stach über den Abgrund hinaus. Es war ein Baum – lang, kahl, morsch. Dieses Hindernis würde die sich schließenden Kiefer des Freß-Mooses nicht lange aufhalten!

Aber vielleicht lange genug . . .

Rajd und Thay-Lee schoben den Baum nach vorn, bis er langsam, zeitlupenhaft, nach unten kippte. Wie ein riesiger Speer sauste er hinab – und wurde von dem gierig kauenden, in gräßlicher Vorfreude schmatzenden Maul tief unter Mischa gestoppt. Das Oberteil des Muschel-Rachens war jetzt fast ganz geschlossen – und kam mit einem dumpfen Knacken zum Stillstand!

Das Wurzelwerk des Baumes, das nach oben ragte, hielt es auf!

Rajd lag schon wieder auf dem Bauch. Thay-Lee glitt katzengeschmeidig über den Rand des Freß-Moos-Maules!

Mischas Herz drohte stehenzubleiben! Er schrie: „Nein! Nicht! Laßt den Wahnsinn! Leeeeeee!"

Er wußte, daß sie weder Tod noch Teufel fürchtete – und

daß ihr Mut manchmal schon fast an Todesverachtung heranreichte. Aber das, was sie hier und jetzt vorhatte, das – das war IRRSINN!

Sie antworteten nicht.

Lees blonde Haare wischten seidenweich über den Rand des gigantischen Maules. Schon baumelten ihre Füße über dem Nichts. Die langen Beine folgten.

„Ihr seid wahnsinnig“, flüsterte Mischa.

Keine Antwort.

Nur Rajds lautes, angestrengtes Keuchen war zu hören. Er hielt Thay-Lee an beiden Handgelenken fest und ließ die Anführerin der ehrenwerten jugendlichen Diebe jetzt langsam, ganz langsam, nach unten.

Mischa schüttelte den Kopf. Sein Atem kam stoßweise. Er durfte hier nicht still hängenbleiben und abwarten, bis sie ihn endlich erreichten!

Mit einem verzweifelten Ruck zerrte er die Dolchklinge aus der Wand des gräßlichen Maules, schnellte sich kraftvoll hoch – und stieß wieder zu.

Die Klinge hielt. Und – sie trug sein Gewicht.

Rajd hatte gesehen, was Mischa gewagt hatte. „Warte doch, verdammt!“ fluchte er herunter. „Alles muß er selber machen!“

„Ich habe euch doch gesagt, daß er mir heute einen leicht bescheuerten Eindruck gemacht hat!“ tönte El Botzo, der sich irgendwo hinter Rajd aufhalten mußte.

„Weiter!“ ordnete Thay-Lee kaltblütig an. „Laß mich weiter runter, Rajd!“

Das Freß-Moos war nicht bereit, auf seine Beute zu verzichten!

Rhythmische Zuckungen ließen die Maulwände erbeben.

Thay-Lee fluchte. „Mischa“, keuchte sie dann. „Versuch, meine Füße zu erreichen. Wir haben nicht mehr viel Zeit!“

Das schlimme Gefühl hatte er auch. Der Maul-Deckel drückte mit urwelthafter Macht von oben her auf den Baum, rammte ihn tiefer und tiefer hinunter, in den gierig kauenden Schlund. Ein böses Knacken und Knirschen kündete an, daß der Stamm gleich durchbrechen würde.

Mischa krallte die Finger seiner linken Hand in die Erdschicht auf der Maulwandung, ruckte den Dolch wieder aus seiner Halterung, ließ mit der linken Hand los – und schnellte sich wieder nach oben! Ein blitzartiges Zustechen, und die Waffe versank erneut im Erdreich. Aber diesmal blieb Mischa nicht mehr reglos und abwartend hängen. Diesmal ruckte er sich weiter nach oben – seine linke Hand schoß hinauf, die Finger waren zu Krallen gespreizt – Thay-Lees Fuß war so nahe!

Im nächsten Sekundenbruchteil konnte Mischa zupacken – und hielt sich fest.

Der Baum splitterte!

Mischa packte auch mit der anderen Hand zu. Das Monster-Maul um ihn und Thay-Lee herum zitterte und wabbelte.

„Rauf!“ brüllte Thay-Lee.

Und Rajds turbangeschmückter Kopf verschwand vom Abgrund, ein angestrengtes Schnaufen wurde laut, ein Fluchen und ein Schleifen, das die berstenden Geräusche fast noch überdeckte.

Mischa klammerte sich fest, spürte, wie er über Erdreich schleifte – und dann über den nachgebenden, nach unten wegrieselnden Erdrand des Maules gezerrt wurde!

Das Freß-Moos tobte!

Ein geiferndes Heulen wurde laut, ein Röcheln und Schmatzen und –

Mischa achtete nicht mehr darauf. Das ungestüme Pochen seines Herzens pflanzte sich bis in seine Haarspitzen fort. Das Sonnenlicht blendete ihn.

Mit einem jähen Muskelanziehen – und Wiederloslassen rollte er sich aus der unmittelbaren Reichweite des Maules davon – und hörte gerade noch, wie sich hinter ihm die muschelschalenähnlichen Hälften des Freß-Mooses schlossen!

Es war ein dumpfer, matschender Laut – endgültig wie der Tod.

★

Geschafft!

Das war vorerst alles, was er denken konnte. Zusammenhängendes Überlegen fiel ihm noch schwer, in seinem Kopf spukten Alptraumbilder von der sich schließenden Freß-Moos-Klappe.

„Wir haben ihn!" jubelte Rajd zum x-ten Mal.

Hilfreiche Hände zogen ihn vollends aus dem Gefahrenbereich. Mischa ließ alles willenlos mit sich geschehen. Krampfartiges Zittern durchlief ihn. Er rollte sich herum, zog die Beine an den Leib, kugelte sich zusammen und übergab sich würgend.

Irgendwo am Rande seiner bewußten Wahrnehmung bekam er mit, daß das Maul des Freß-Mooses in gierigen – aber sinnlosen – Schnappbewegungen auf und zuklappte und die letzten Überreste der Nebelschwaden zerkleinerte.

„Weg von hier!" wies Thay-Lee an, schulterte bereits die Bogen nebst Köchern, sowie eines der verstreut herumliegenden Bündel.

Aufstehen konnte Mischa schon allein, wenn auch mit zittrigen Beinen. Seine Augen tränten. Aber das besserte sich rasch, als er wortlos von Lee gestützt und durch einen erfreulich hellen und bunten Herbstwald von der Todesfalle weggeführt wurde.

Er wollte sich bedanken.

„Nicht jetzt. Spar deinen Atem!" herrschte sie ihn an. „Komm lieber."

El Botzo tauchte kurz in Mischas Gesichtsfeld auf, von Rajd wie von einem Hebekran hochgehalten. „Behauptet nie wieder, *ich* hätte eine große Klappe!" krähte der Kleine, der mühelos zu seinem Lästermaul-Tonfall zurückgefunden hatte; trotz der erschreckenden Ereignisse.

Mischas Gesicht nahm einen gepeinigten Ausdruck an; er verdrehte die Augen.

„Mensch, bin ich froh, daß wir's geschafft haben!" polterte Rajd und klopfte Mischa burschikos auf die Schultern. „Weißt du, ich glaube, du würdest uns ganz schön fehlen, Freund . . ."

„Ihr mir auch", murmelte Mischa und lächelte schwach. „Da unten war's nämlich mächtig duster . . ."

Rajd strahlte, klopfte ein letztes Mal, nickte Mischa verschwörerisch zu und flötete dann: „Also, äh, dann laß ich euch beiden Hübschen mal allein . . ." Er zwinkerte auch Thay-Lee vielsagend zu, drehte sich dann samt El Botzo herum und marschierte zielstrebig los.

Mischa nahm die Umgebung um sich herum wie ein Neugeborenes auf – was er ja in gewissem Sinne auch war.

Sonnenlicht flutete in breiten Bahnen durch das löchrige Zweigdach des Verbotenen Waldes herunter. Mit den Nebelschwaden und der Dunkelheit der Nacht hatte er auch sein unheimliches Antlitz verloren – obwohl: gefährlich war es bestimmt nach wie vor, da machte sich Mischa nichts vor.

Automatisch setzte er einen Fuß vor den anderen, atmete tief durch, versuchte, die Schmerzen zu ignorieren, die sich hartnäckig in seinem Rücken hielten und genoß die Ruhe, die Entspannung. Winzige Staubteilchen tanzten in der hellen Luft, die jetzt rasch wärmer wurde, obgleich der Unterton von Kühle und nahendem Winter darin eingewoben war.

Nur ab und zu sprachen sie miteinander. Mischa erzählte knapp – in fünf, sechs Sätzen – wie er aufgewacht war; vom Nebel, von der Beklemmung, von den betäubenden Ausdünstungen, die ihn irgendwie unlogisch hatten reagieren lassen. Davon abgesehen, daß er auf Nachtwache niemals hätte einschlafen dürfen: nach seinem Aufwachen hätte er seine Freunde sofort wecken müssen. Das hatte er nicht getan. Er hatte daran gedacht – und es wieder vergessen, einfach vergessen!

Lee hörte schweigend zu. Sie konnte sich ihrerseits an gar nichts erinnern. Ihre Nachtwache war ruhig, ohne Zwischenfälle verlaufen. Danach hatte sie tief und traumlos geschlafen . . . das heißt, nicht ganz, wie ihr jetzt einfiel.

„Du hast ein scheinbar endloses Meer gesehen“, sagte Mischa leise, fast verträumt. „Lichtgeflimmer war darauf. Und dann – dann hast du den Kopf gesehen. Wie von einem uralten Menschen. Ein Steinkopf. Richtig?“ Er blickte sie an.

Thay-Lee zögerte kurz. „Ja. Aber wieso . . .?“

„Das war auch mein Traum . . . Der Traum, den uns die Nebel eingeflößt haben. Und aus dem wir nicht mehr hätten aufwachen sollen . . .“

Sie warf ihm einen verunsicherten Blick zu, kickte ein morsches Aststück beiseite und fragte dann: „Aber wieso sind wir doch daraus aufgewacht?“

Mischa zuckte die Schultern und verzog gleich darauf das Gesicht, als die Schmerzen heller loderten. „Keine Ahnung“, preßte er heraus. „Vielleicht hat das Gedröhne etwas damit zu tun. Oder der Zauberstein. Schließlich hat er mich ja auch zu euch zurückgeleitet. Weiß nicht. Muß erst mal in Ruhe nachdenken.“

Momentan war nur wichtig, daß sie lebten. Und daß sie wieder unterwegs waren – zur Hexe Ratzel. Fragen und Antworten. Von beidem gibt's eine ganze Menge. Später. Thay-Lee hat total recht. Jetzt ist die falsche Zeit und der falsche Ort.

Dann fiel ihm der Laubgeist wieder ein. Ihm verdankte er, daß ihn seine Freunde so schnell gefunden hatten.

Also doch kein Bluffer, sagte sich Mischa.

Er erkundigte sich nach dem geheimnisvollen Kerlchen, dem Geist.

„Ich bin kein Geist“, fiepte das Stimmchen im nächsten

Moment direkt neben Mischas linkem Ohr, und er ruckte seinen Kopf überrascht herum – und sah seinen Lebensretter in voller Größe auf seiner Schulter stehen.

Er sah aus wie ein Kastanienblatt – genauso groß, genauso goldbraun, genauso gezackt; nur, daß er Augen hatte, Augen, die ziemlich groß waren und mit einer strahlenden Offenheit seinen Blick erwiderten. Der kleine Mund saß direkt unterhalb dieser Augen, die Ohren waren nur durch zwei kleine Mulden in den oberen ‚Blattspitzen' angedeutet. Zwei dünne Stielchen bildeten offenbar die Beine, und Mischa wunderte sich darüber, wie man auf solchen Mikrostelzen derart schnell wetzen konnte, noch dazu unter der Laubschicht.

„Ich bin der Blätterwisch!" stellte sich das Kerlchen vor, als Mischa ihn nur anstarrte; dann deutete er eine Verneigung an.

„Tut – tut mir leid, wenn ich dich so angucke", sagte Mischa ein bißchen verlegen, als ihm bewußt wurde, daß er sich nicht gerade höflich aufführte. „Aber bisher habe ich mit einem Blätterwisch noch nicht das Vergnügen gehabt."

„Das merkt man sofort, aber es ist nicht schlimm", meinte der Kleine. „Ich meine, daß du es dir anmerken läßt." Er lachte, hüpfte von einem Fuß auf den anderen und wirbelte im nächsten Moment um die eigene Achse. Sein blattdünner Körper knisterte wie elektrisch aufgeladen. Sonnenstrahlen machten ihn fast durchsichtig – ein goldenes Gespinst, aufrecht gehalten von dünnsten, roten Äderchen.

„Wir Blätterwische sind nicht nachtragend, und wir halten auch nichts von überkommenen Traditionen. Wir sind lustig. Das ist in dieser unserer heutigen Zeit schwierig genug. Wir wirbeln das Laub – und lassen es kreisen und fliegen und flattern. Stilliegendes Laub ist so traurig, findest du nicht auch, Mischa von der Erde?"

Er nickte.

„Ich –"

K.N.

„Du brauchst dich nicht zu bedanken", unterbrach ihn der zarte Blätterwisch mit einer noch zarteren Stimme. „Das, was ich getan habe, habe ich gerne getan. Für dich – aber auch für meine Herrin, die Hexe Ratzel." Als er ihren Namen aussprach, verneigte er sich abermals.

Mischa zuckte leicht zusammen, und auch Thay-Lee horchte auf.

„Sie hat dich geschickt?" hakte Mischa nach.

„Aber ja. Obwohl es ja eigentlich meine Hauptaufgabe ist, die Dracheneier zu hüten, und die frisch geschlüpften Kleinen zu unterhalten, bis ihre Mütter kommen und sie holen . . ."

„Dracheneier?" sagte Mischa ein wenig verständnislos. Aber dann, als er das abweisende Gesichtchen des Blätterwischs sah, kam er zum eigentlichen Thema: „Dann – dann weiß die Hexe Ratzel also von unserem Kommen?"

„Und von dem Zaubertrank, den ihr mit ihrer Hilfe brauen wollt, um diesem Zaleikar zu helfen, der ein Abtrünniger der schurkischen Meister der Lüge ist." Der Blätterwisch blickte jetzt wieder freundlich drein. „Aber ja!" bestätigte er dann. „Die Hexe Ratzel weiß alles, alles, was in ihrem Wald vor sich geht, das ist doch logisch, oder?"

„Mischa seufzte.

„Und?" versuchte er noch ein paar weitere Informationen aus dem Blätterwisch herauszukitzeln.

Aber das klappte nicht.

„Besser, wir konzentrieren uns jetzt auf unseren Weg. Noch haben wir die Straße der Alten nicht erreicht – sie muß nämlich unser Ziel sein, wie du wissen mußt. Noch sind wir nicht in Sicherheit", hängte er dann mit unheilschwangerer Stimme an, und auch sein Gesichtchen färbte sich dunkel vor Besorgnis. Klar, der Blätterwisch wußte mehr. Aber bevor Mischa auch nur eine weitere Frage stellen konnte, ließ sich das zierliche Kerlchen von einem sachten Windhauch davontragen, wirbelte kurz und übermütig mit einigen welken Blättern umher, die soeben aus großer Höhe heruntersanken – landete daraufhin samtweich und führte die kleine Gruppe weiter – immer tiefer in das Schweigen und die Schönheit der leuchtenden Herbstfarben des Verbotenen Waldes hinein.

★

Die Kreaturen des Dämmerlichts knurrten und grollten ihren Zorn hinaus! Gefährliche, vampirähnliche Reißzähne wurden in ohnmächtiger Wut gefletscht. Raubtierspeichel troff aus den weit aufgerissenen, hechelnden Mäulern.

Unermüdlich wie Maschinen jagten die Bestien in einem ausdauernden Trab durch die jetzt farbenprächtigen Weiten des Herbstwaldes, über Laub, Luftwurzeln, an weit auseinanderstehenden Bäumen vorbei und weiche, federnde Pfade entlang, die nur ihre scharfen Augen sehen konnten. Geschmeidig spannten sich ihre Muskeln bei jedem Satz unter dem struppigen Fell. Weit griffen die Läufe aus; kaum spürbar berührten die Pranken den Untergrund.

Von Zeit zu Zeit verharrten sie schnüffelnd und knurrend und witternd.

Ihr Anführer, ein prächtiges, muskelstarrendes Tier, tänzelte unruhig, lauschte der Melodie des Waldes und saugte den Menschengeruch tief in seine bebenden, feuchten Nüstern hinein. Der Zorn machte ihn fast rasend. Seine Augen sprühten Haß und Mordlust.

Sie waren zu spät gekommen!

Wenn er nur daran dachte, sträubte sich sein graues Fell und stellte sich im Nacken wie ein Hahnenkamm auf.

Zu spät!

Ihre Opfer, die Menschen, waren bereits wieder unterwegs – und sie waren gewarnt und nach durchstandener Gefahr besonders wachsam. Der Nebel, der Verbündete der Dämmerkreaturen, hatte seinen sinnverwirrenden und betäubenden Einfluß nicht voll ausspielen können.

Und ein anderer Jäger des Verbotenen Waldes hatte sich die betäubenden Düfte zu eigen zu machen versucht. Das Freß-Moos. Der Anführer grollte tief in der Kehle. Dieses Raubtier war unangreifbar. Es allein konnte es wagen, den Dämmerkreaturen in die Quere zu kommen bei einer Beutejagd!

Aber die Dämmerwesen würden nicht aufgeben! Saßen sie einer Beute erst einmal auf der Fährte, dann ließen sie von dieser Spur nicht mehr ab – einer Spur, die nach warmem Leben und rotem Blut förmlich duftete.

Nicht einmal das helle Sonnenlicht konnte sie jetzt schrekken.

Der Körper des Anführers streckte sich in rasendem, raumgreifenden Lauf, und die grollende und geifernde Meute der anderen Dämmerwesen folgte ihm begeistert hechelnd nach – jagende Schatten in einem goldbraunen Zauberwald.

Irgendwann, so wußte der Anführer, würden die Menschen in ihrer Vorsicht nachlassen. Dann würde die Stunde der Dämmerwesen schlagen! Die Stunde des Triumphes!

Bald!

Bald!

3. Ratzels Rätsel

Die blutrote Sonne Camelons stand im Zenit – ein großes, loderndes Auge genau über dem Verbotenen Wald; ein Auge, aus dem flammende Lichtfinger heraus und zum schwarzen Gewirr der Baumkronen heruntergriffen und es streichelten.

Stunden um Stunden waren die Freunde marschiert, und schließlich hatte sich das Flattern ihrer Nerven beruhigt, das Freß-Moos und die Gefahren des Nebels waren nur mehr ein verblassendes Abbild in ihrer Erinnerung – jedenfalls redeten sie sich das nachdrücklich ein.

Dann war es so weit: Sie fanden die Straße der Alten; ein

aus wuchtigen, silbergrauen Steinblöcken zusammengefügtes Band, das sich wie das Rückgrat einer endlosen Schlange durch den Wald zog. Die Bäume ragten höher auf, je weiter Mischa, Rajd, Thay-Lee, El Botzo und der Blätterwisch kamen. Ein gewaltiger Tunnel aus Astwerk, Helligkeits- und Schattenflecken wölbte sich über der Straße. Bald fiel das Sonnenlicht nur noch gedämpft ein. Grüne und goldbraune Schatten sprenkelten die geheimnisvolle Straße der Alten, zeichneten die wuchtigen Steine in genauen, scharfen Umrissen nach und verliehen ihnen damit seltsamerweise noch mehr einen Eindruck von Unwirklichkeit und Traumhaftigkeit.

Kein einziges welkes Blatt hatte sich auf der Straße niedergelassen, kein morscher Ast lag darauf – und nicht ein Stäubchen. Ein unsichtbares und unhörbares Putzkommando aus dienstbaren Geistern schien Tag und Nacht damit beschäftigt zu sein, all diese Dinge gewissenhaft wegzufegen.

Eigenartig sah das aus! Mischa spähte weit nach vorn, über die gewölbten Buckel der silberglänzenden Steine und den voraustänzelnden Blätterwisch hinweg. So weit er sehen konnte, erstreckte sich die Straße in dieser peinlich gehüteten Sauberkeit, während links und rechts davon wirre und leuchtende Blätterhaufen lagen, Gestrüpp und Zweige, sogar abgebrochene und heruntergefallene morsche Äste von der Dicke eines Elefantenbeines.

Unwillkürlich traten die Freunde leichter auf. Sie senkten ihre Stimmen, wenn sie miteinander sprachen, und ihre Blicke huschten noch aufmerksamer umher.

„Nur keine Angst!“ piepste der Blätterwisch und hüpfte Aufmerksamkeit heischend auf und ab. „Nur keine Angst! Diese Straße führt geradewegs zur Hütte der Hexe Ratzel.“

„In unserer Karte war sie nicht eingezeichnet“, sagte Rajd und schüttelte nachdenklich den Kopf.

Der Blätterwisch lachte mit seinem hellen Stimmchen und schwebte – getragen von einem sanften Lufthauch – auf die

Schultern des Verspielten Königs. „Und von wem habt ihr diese Karte erhalten, mein dicker Freund?"

„Ich bin nicht dick!" entrüstete sich Rajd, und sein doppeltes Doppelkinn wackelte beinahe drohend. „Höchstens stattlich! Was kann ich denn dafür, wenn momentan das falsche Schönheitsideal angesagt ist?"

„Aber guter Rajd – dick zu sein heißt doch nicht gleich, daß man auch häßlich ist . . ."

Rajd schielte den kleinen, zerbrechlichen Burschen auf seiner Schulter mißtrauisch an. „Aha", brummte er dann – aber sein Zorn war schon längst wieder verraucht. „Nun, wenn du das so siehst . . . Äh . . ." Er wackelte mit dem Kopf, lächelte und ließ sich dann endlich zu einer Antwort herab. „Wir haben die Karte von einem jungen Sterngucker in Xalyra gekauft."

„Von einem Sterngucker, soso. Aber jetzt seid ihr hier, im Verbotenen Wald, den man auch den Hohen Wald nennt. Und ich lebe hier und bin seit Jahrzehnten ein treuer Diener meiner Herrin, welcher dieser Wald gehört. Wem, meinst du, solltet ihr mehr vertrauen?"

Rajd schmunzelte und blickte listig drein. „Du verlangst wenigstens nicht soviele Goldstücke wie der Sterngucker", antwortete er mit salomonischer Weisheit.

„Vielleicht nenne ich euch meinen Preis erst später – einen viel höheren Preis?"

„Nö, glaube ich nicht." Rajd schüttelte überzeugt den Kopf. „Du siehst mir nicht raffzahnig aus."

Der Blätterwisch kicherte geschmeichelt. „Das hast du hübsch gesagt."

„Ich habe auch eine gute Kalifenschule besucht", sagte Rajd und warf sich dermaßen in die Brust, daß Mischa, der zusammen mit Lee zu den anderen aufgeschlossen hatte, unwillkürlich befürchtete, sämtliche Knöpfe des ohnehin schon weiten Kalifenrocks würden abplatzen.

Aber das geschah nicht. Wahrscheinlich hatte Rajd doch

noch in letzter Sekunde einen kleinen Sicherheitsspielraum eingerechnet.

Sein Gesicht verdüsterte sich. „Was mir da alles beigebracht worden ist . . ." Jetzt klang seine Stimme gar nicht mehr so begeistert. „Zum Beispiel, wie man Herrscher ist. Herrschen kommt von hart sein, hat einer meiner Berater immer gesagt, der gute Meister Hurrlinger. Oder: Man muß das Volk unter der Knute halten, weil es die Leute mögen, von einer starken Hand geführt zu werden. Und dann haben sie mich gelehrt, wie man sich so ausdrückt, daß einen kein normaler Mensch mehr versteht. Verstehst du, Blätterwisch? Die wollten mich in der Erziehungsanstalt von Kuur zum Superkönig erziehen, der eine Menge sagt und dabei doch nichts aussagt. Das hätten dann meine Berater übernommen, das Aussagen. Und ich – ich hätte wie eine Marionette nach ihrer Pfeife tanzen können." Er seufzte aus übervollem Herzen, besann sich darauf, daß er ein wenig vom eigentlichen Thema abgekommen war und räusperte sich.

★

Für eine Weile setzten die Freunde ihren Weg schweigend fort. Mischa warf Rajd einen nachdenklichen Seitenblick zu. Für seine 17 Jahre legte der Verspielte König manchmal ein wahrhaft kindliches Gemüt an den Tag. Vor allem, wenn es um's Naschen und um seine ganz große Liebe, die Zauberei (und hier besonders die Zauber-Experimente) ging. – Daher ja auch sein Spitzname: der Verspielte.

Aber daß Rajd dennoch nicht auf den Kopf gefallen war, das hatte er vorhin bewiesen. Rajd hatte sehr wohl durchschaut, was Sache war.

„Trotzdem", griff Rajd das Gespräch schließlich wieder auf, „die Straße hier ist und bleibt für mich komisch. Ich meine, Mischa, Lee und ich sind jetzt seit drei Tagen im Verbotenen Wald unterwegs, kreuz und quer, wie's mir und meinen armen Füßen vorkommt, und wir haben sie nicht entdeckt. Warum nicht? So, wie sie sich hin und herschlängelt, muß sie doch den ganzen Wald durchziehen – irgendwann hätten wir darauf stoßen müssen, schon durch Zufall."

Der Blätterwisch nickte – beziehungsweise: seine oberen Blattspitzen zappelten vor und zurück, was bei ihm wohl einem Nicken entsprach. „Das ist richtig, und doch wieder nicht. Du mußt wissen, Freund, nicht jeder, der in den Verbotenen Wald kommt, *soll* diese Straße finden. Für manche existiert sie – für andere wiederum nicht. Oder, um es ganz einfach auszudrücken: meine Herrin, zu der diese Straße führt, empfängt nicht jeden."

„Das ist eine Erklärung", meinte Rajd verdutzt.

Mischa, der schweigend zugehört hatte, mußte an das eigenartige Gefühl denken. Vorhin, als sie plötzlich die Straße unter den Füßen gehabt hatten. Wie hingezaubert. Plötzlich hatte es da keinen weichen, federnden Untergrund mehr gegeben, sondern diese Buckelsteine und links und rechts den Wald. Er war in die Hocke gegangen und hatte sich die geheimnisvollen Schriftzeichen genau angesehen, die in die Pflastersteine eingeritzt waren. Ein kühler Schauer war über seinen Rücken gekrochen.

Staunen – Ehrfurcht; ganz gleich, wie man es auch nennen wollte: Mischa hatte sich jedenfalls fröstelnd wieder aufgerichtet. Die Straße wirkte mysteriös – wie ein Weg in die Vergangenheit. Der Gedanke war unvermittelt in seinem Verstand gewesen. Und die Kühle, die er über sein Gesicht streichen gefühlt hatte – das war ein Hauch aus dieser Vergangenheit.

Geheimnisvoll war der Wald – durch und durch. Von außen hatte er so klein ausgesehen, ein Wäldchen mehr, das man in einem entschlossenen Tagesmarsch von einer Seite zur anderen durchmessen konnte. Und dann, nachdem sie ihn betreten hatten, nachdem sie sich seinem milden Dämmerlicht anvertraut hatten und dem Schweigen und der unterschwellig drohenden Gefährlichkeit – da hatten sie schnell gespürt, daß dieser Wald irgendwie *anders* war.

Mittlerweile waren sie seit drei Tagen darin unterwegs – immer auf der Suche nach der Hexe Ratzel. Immer (wie auf der Karte des Sternguckers eingezeichnet) Richtung Süden. Längst hätten sie auf der anderen Seite des Waldes wieder herauskommen müssen. Drei Tage, in denen sie zahllose Lichtungen durchwandert, scheinbar endlose Hänge hinauf und steile Pfade hinabgeschritten waren, waren sie jedoch nicht ein einziges Mal dem gegenüberliegenden Waldrand auch nur nahe gekommen. Nicht einmal hatte freies Land durchgeschimmert.

So erschreckend es auch klang: dieser Wald war innen größer als außen. Es war ein – Zauberwald.

Und diese Straße hier war eine Zauberstraße. Mischa zweifelte schon lange nicht mehr daran.

★

Rajd unterhielt sich noch immer mit dem Blätterwisch. El Botzo hatte es sich auf Rajds großem Turban bequem gemacht, die Hände hinter dem Kopf verschränkt, und spähte zum hohen Baumdach über der Straße hinauf. Verträumt kaute er auf einem langen Grashalm herum. Thay-Lee ging schweigend neben Mischa.

Mischa blickte sie nur kurz an. Offenbar hatte es keiner von ihnen bemerkt: *Der Wald ringsum veränderte sich!*

Nicht erschreckend oder gar gefährlich sah das aus, sondern – atemberaubend schön und faszinierend. Mischa beobachtete schweigend, sah es und verstand es doch nicht.

Bisher war es ein Herbstwald gewesen. Aber jetzt veränderten sich die wenigen noch an den Zweigen hängenden Blätter – aus flammend rotem, goldbraunem und zitronengelbem, dünnem, knistertrockenem Laub wurde wie unter einem Zauberhauch saftiges Grün. Neue Blätter sprossen lautlos und wundersam nach. Zarte Blütenkelche öffneten

sich, versprühten milchigen Blütenstaub in die Luft, gaben Wohlgerüche in tausenderlei Variationen frei. In der Ferne, scheinbar im dicht belebten Herzen des Waldes, zwitscherten Vögel. Ringsum, im strotzenden Unterholz des Waldes, raschelte und wühlte es. Hier sah man ein winziges Mäusegesicht unter einem Busch hervorlugen, der in herrlicher Blüte stand, da verschwand ein nur handspannengroßer Waldtroll mit einem einzigen Kopfsprung im Wurzelwerk eines noch jungen Baumes. Die Blüten hoch droben in den Bäumen glühten in einem beruhigenden blauen Schein – und erloschen bald darauf.

Abermals wechselte die gesamte Szenerie – der Sommerwald wurde zu einem Frühlingswald und schließlich – zu einem tristen Winterwald. Immer schneller wechselte das Kleid der Bäume, der Sträucher und Gestrüppe, wie ein Drehbild, das von einem unmutigen Kind gedreht wurde, schneller und schneller, bis die einzelnen Darstellungen kaum mehr voneinander zu unterscheiden waren. Bis sie nur mehr ein wirbelndes Durcheinander waren: gerade noch prächtig und vor Kraft und Blüte strotzend, gleich darauf dürre und kahle Zweige, traurig und einsam, dann das neuerliche Erwachen, das neuerliche Sprießen und Blühen.

Allein die Straße blieb immer dieselbe: alt und wuchtig die Pflastersteine, zusammengefügt von Baumeistern und Künstlern, die schon lange, lange nicht mehr am Leben waren.

Die Straße der Alten.

Wie passend dieser Name war.

Mischa lächelte. Die Schrecken im Rachen des Freß-Mooses wichen mehr und mehr, genau wie die Schmerzen in seinem Rücken. Hell und dunkel wechselten sich ab, und manchmal glaubte Mischa sogar, den flammenden Sonnenball jenseits des Baldachins der Baumkronen erkennen zu können. Mal vor ihnen, mal hinter ihnen, als sei die Sonne Camelons ein waagrecht vor- und zurückflitzendes Jo-jo.

Die Straße der Alten war tatsächlich ein Weg in die Vergangenheit.

Die Zeit lief rückwärts ab – jedenfalls für den Verbotenen Wald.

★

Irgendwann klagte Rajd über Seitenstechen und einen BÄRENHUNGER.

„Ich könnte ein halbes Mastodon verschlingen!" erklärte er und rieb sich dabei theatralisch den vernehmlich knurrenden Bauch. „Mindestens!"

Aber der Blätterwisch beschwor sie alle, keine Rast einzulegen.

Rajd protestierte. „Warum? Wir haben noch nicht einmal gefrühstückt, *Herr* Blätterwisch. Wir sind in dieser Nebelsuppe aufgewacht, haben unsern Mischa suchen und aus einer Todesfalle retten müssen – und seither latschen wir und latschen wir und latschen wir – das hält ja nicht mal ein camelonisches Wuzfrzz aus! Ich bin groß und – äh – stattlich, außerdem schleppe ich noch diesen Kobold mit mir herum, von den Packbündeln mal ganz abgesehen.

Deshalb fordert mein Körper im Gegensatz zum Eurigen seine Grundnahrung. Und seine Wasserversorgung. Mindestens bis zum Minimalpegel." Sein Kinn schob sich angriffslustig vor.

„Wenigstens das!" unterstrich er. „Wie soll ich sonst einsatzfähig bleiben und weiterhin gegen freßgierige Ungeheuer und teuflische Waldnebel kämpfen können?" Beifallheischend schielte er nach oben, wo El Botzo demonstrativ selig schnarchte.

Natürlich kam von dem Kleinen keine Antwort.

„Hey, ich rede mit dir! Wanze!" brummte Rajd hinauf.

„Schon wieder müde, was?" kam es mit einem Riesengähner zurück.

„Du hast gut reden!" grollte Rajd.

„Ich halte hier oben Ausschau. Das muß auch sein. Aber beklage *ich* mich etwa?"

Rajd schien buchstäblich in sich zusammenzusacken. Gegen El Botzo kam er einfach nicht an; eigentlich hätte er es mittlerweile lernen sollen.

„Es ist wichtig, daß wir in Bewegung bleiben – ununterbrochen", sagte der Blätterwisch in das entstandene Schweigen hinein.

„Wenn ich mitten im Laufen verdurste und verhungere, dann ist's auch bald aus mit dem In-Bewegung-bleiben!" murrte der Verspielte König drohend.

„Durchhalten heißt die Parole", mischte sich Lee ein, und als sich Rajds Gesicht gar nicht aufhellen wollte, kraulte sie ihn aufmunternd an seinem Doppel-Doppelkinn. Das half. „Alter Knurrer!" sagte Lee kopfschüttelnd und lachte ihn an.

„Naja . . ." murmelte Rajd. „Ist doch wahr. Schinderei . . ."

Wie auch immer: Rajd Uvo Ben Mandin Kalifato Rajd – wie er mit vollem Namen hieß – ordnete sein körperliches Wohlbefinden dem Wunsch der Mehrheit unter, wie er mehrmals betonte.

So ganz schien er aber nicht zufrieden zu sein. „Von wegen Abenteuer bestehen, tollkühn sein . . . tolles Leben auf der Walz . . . hah!" murmelte er in seinen nichtvorhandenen Bart, und wie auf Befehl knurrte sein Magen noch lauter.

Für Rajd war das Schmausen eben ein lebenswichtiges Muß. Genauso wie das Zaubern. Von beidem konnte er nicht lassen, eine unselige Leidenschaft hielt ihn in ihren Krallen. Andererseits, dachte Mischa amüsiert, besser, er mampft, als daß er neue Zauber-Experimente angeht. Wer will schon mit blauen Eselsohren aufwachen? Oder, wie die armen Poltergeister in Rajds Palast im Wüstenkalifat Kuur, mit Samtpfoten?

Dabei richtete Rajd solcherlei Katastrophen natürlich nicht mit Absicht an – Gott bewahre. Es lag einfach nur daran, daß er bei jedem Zauberspruch irgend eine Kleinigkeit vergaß, verdrehte oder hinzudichtete. DAS war es, was Folgen hatte. Allseits gefürchtete Folgen.

Ungeachtet dessen hielt sich Rajd dennoch für den weltbesten Zauberer, unerschütterlich. Wenn man ihn mehr üben lassen würde – tja, dann wäre natürlich alles ganz anders. Aber bitte, die Herrschaften hechteten ja schon in Deckung, wenn er nur einen Zauberstab in die Hand nahm . . .

Der Gedanke erheiterte Mischa; überhaupt war seine ganze Stimmung aufgefrischt. Das Laufen tat ihm gut, die frische Luft hatte schon lange dafür gesorgt, daß auch die letzten Nebelreste aus seinem Kopf verschwunden waren.

„Wer mampft, sündigt wenigstens nur an sich selbst", murmelte Mischa grinsend vor sich hin.

„Was?" schnappte Rajd und bewies damit, daß er wahre Luchslauscher hatte.

„Nichts, nichts", versicherte Mischa schnell. „Soll ich dir eines von den Bündeln abnehmen?" Er deutete auf den dikkeren der beiden Proviant- und Ausrüstungspacken, mit denen sich der Verspielte abschleppte.

Rajds dickes aber trotzdem hübsches Gesicht leuchtete auf.

„Klar!" nickte er begeistert. Dann schien ihm einzufallen, daß man das auch ein bißchen gezierter ausdrücken konnte, und hängte an: „Ich meine, wenn es dir nicht zu viel wird. Diese Dinger sind höllisch schwer . . ."

Der weitere Gewaltmarsch – denn zu einem solchen entwickelte sich das Ganze mehr und mehr – verlief größtenteils schweigend. Der Schweiß rann den Freunden in Strömen über den Rücken und bildete eine Schicht, die ihre Haut mit den Kleidern verklebte.

Mehr als einmal ertappte Mischa den Blätterwisch dabei, wie er furchtsame Blicke in die Richtung zurückwarf, aus der sie kamen. Immer wieder drängte er zur Eile, ohne hierfür einen Grund zu nennen.

Wovor hatte der Blätterwisch Angst? Oder besser: vor wem? Gab es Verfolger? Und wenn: welche? Das Freß-Moos etwa? Nein, entschied Mischa, das war zu unwahrscheinlich.

Mischa ging wieder neben Lee, und ab und zu wechselten sie ein paar belanglose Worte miteinander. Genauso beiläufig erfuhr Mischa von ihr, daß ihr das Wechselspiel des Waldes sehr wohl aufgefallen war, daß sie es aber für sich behalten hatte. Natürlich hatte sie ihre Schlüsse daraus gezogen. Thay-Lee war auf der Hut. Aufgewachsen in den Waisenhäusern von Qham-Dhura und später bei den Amazonen von Rhij erzogen, von klein auf daran gewöhnt, ihr Leben notfalls mit dem Schwert in der Hand verteidigen zu müssen, war ihr diese Wachsamkeit in Fleisch und Blut übergegangen. Lee war mißtrauisch. Im Gegensatz zu Rajd und Botzo hatte sie ihre Umgebung niemals völlig außer Acht gelassen – und daher auch nur sehr halbherzig an der Frozzelei der beiden teilgenommen. Sie war jede Sekunde bereit, in einen Kampf auf Leben und Tod verwickelt zu werden. Unbemerkt von allen hatte sie schon vorhin ihr Schwert in der Lederscheide gelockert und den Langboden in die linke Hand genommen.

Wer das zierliche Mädchen mit den langen, blonden Haaren ob ihres Äußeren unterschätzte, der erlebte garantiert die böseste Überraschung seines Lebens. Ja, sie war hübsch und blond – aber deshalb war sie weder doof noch hilflos.

Mischa zwang seine Gedanken in eine andere Richtung. Wenn er sich mit Thay-Lee beschäftigte, dann kam es ihm nämlich immer so vor, als würde er auf Wolken gehen. Und die Luft in ihrer Nähe prickelte und knisterte sowieso schon, was zwar bestimmt nur Einbildung seinerseits war, andererseits aber als Ablenkung vollauf genügte. Beides konnte er jetzt nicht gebrauchen.

Einen Seitenblick warf er ihr noch zu. Wegzehrung, sozusagen.

Die Anstrengung des langen Marsches und, vorhin, die nervliche Zerreißprobe, als sie ihn an ihren Füßen hängend aus dem Freß-Moos-Rachen gehievt hatte, merkte man ihr an. In feinen Linien zeichneten sie sich in ihrem schmalen Gesicht ab; Linien und Kerben, die um ihre Mund- und Augenwinkel nisteten und kleine Schatten warfen. Die kleine halbmondförmige Narbe auf ihrer linken Wange war leicht gerötet.

Lees T-shirtähnliche Bluse und die ärmellose Lederjacke, die sie darüber trug, waren durchgeschwitzt; große dunkle Flecken zeichneten sich darauf ab.

„Ich freue mich auf ein Bad", sagte sie, als sie Mischas Blick bemerkte, und jetzt blickten ihre Augen wieder strahlend und draufgängerisch wie eh und je.

Mischa streichelte ihr über die Wange, wischte ein paar ihrer Haarsträhnen aus dem Gesicht zurück und wurde so plötzlich von seinen Erinnerungen an den Morgen überfallen, daß ihm der Atem stockte!

Hastig wandte er sein Gesicht ab und hoffte, daß Lee seine Bestürzung nicht bemerkt hatte.

Das Dröhnen! Das Rumoren! Das Krachen!

Das Zittern des Bodens!

Bisher hatte er – irgendwie stillschweigend – vorausgesetzt, daß dafür allein das Freß-Moos verantwortlich gewesen war. Aber jetzt kam ihm das nicht mehr stichhaltig vor.

Das Freß-Moos konnte es gar nicht gewesen sein, das war ihm unvermittelt klar. Dieses Monstrum konnte sich zwar fortbewegen, wie der Blätterwisch vorhin knapp erklärt hatte, aber pro Tag kam es höchstens ein paar Zentimeter voran. Das bedeutete – es war darauf angewiesen, sich still zu verhalten, damit es seine möglichen Opfer nicht warnte. Nur so war für dieses Ungeheuer gewährleistet, daß man sich ihm und seinem Rachen näherte . . .

Wer dann? überlegte Mischa.

Es gab noch einen mörderischen Gegner in diesem Wald.

Mindestens.

Spähte der Blätterwisch deshalb immer wieder nach hinten? Wen fürchtete er dort zu sehen?

Mischas Hals wurde trocken. Unwillkürlich tasteten seine Hände zum Zauberstein hinauf und umschmiegten ihn. Dem geheimnisvollen Juwel – und vor allem seiner Macht – vertraute er mehr als dem Schwert, das er in der Lederscheide neben dem Köcher auf den Rücken gegürtet trug.

Mit einem Mal hoffte Mischa, daß sie die Behausung der Hexe Ratzel noch vor dem Einbruch der Dunkelheit erreichten.

★

Als sie um eine weitere Biegung der Straße kamen, setzte der Regen ein: in feinen, silbergrauen Schleiern wehte er vom Himmel, sickerte durch die Baumkronen und tropfte von welken Blättern.

Ringsumher prasselte es im Wald, als würden Steine vom Himmel fallen. Schlagartig verdüsterte sich das ohnehin trübe Licht noch mehr, das sie während der letzten halben Stunde begleitet hatte.

„Auch das noch!" stöhnte Rajd.

Botzo hatte seinen Hochsitz auf dem Turban des Verspielten geistesgegenwärtig verlassen, als die ersten schweren Tropfen gefallen waren, und sich in eine unterhalb des Turbanrandes gelegene ‚Höhle' zurückgezogen.

Thay-Lee, Rajd und Mischa kramten hastig die weiten Regenumhänge aus ihren Bündeln, warfen sie sich über und stülpten sich die Kapuzen über die Köpfe. Der Leinenstoff war mit einer besonderen Ölmischung getränkt und dementsprechend steif und kratzig; aber er hielt den Regen ab, das war die Hauptsache.

Der Blätterwisch, der auf seinen dünnen Beinchen weit vorausgeeilt war, kehrte jetzt aufgeregt zurück – ein triefend nasses, traurig anzusehendes Etwas, das vor Erschöpfung und Kälte bibberte. Thay-Lee erbarmte sich seiner, hob ihn hoch und setzte ihn in ihrer linken Armbeuge ab.

„Ist es noch weit?" fragte sie ihn, bereits wieder im Weitergehen begriffen.

„Ich . . . ich weiß es nicht", antwortete der Winzling nach einem kaum merklichen Zögern. Der Blick seiner hübschen Augen wirkte unstet; er wich dem ihren aus, als habe er ein schlechtes Gewissen. „Dieser Regen . . . überhaupt, dieses Wetter. . .", flüsterte er rauh. „So etwas habe ich noch niemals auf dieser Straße erlebt! Aber es ist Ratzels Straße, und in ihrer Macht steht es, uns ankommen zu lassen, oder aber –"

„Oder aber?" fragte Mischa auffordernd. Das Platschen des Regens übertönte den ärgerlichen Unterton in seiner Stimme weitestgehend. Aber das änderte nichts an der Tatsache, daß er langsam aber sicher sauer wurde. Mehr und mehr spürte er Unwillen in sich. Zuerst die stundenlange, scheinbar nie mehr enden wollende Wanderschaft kreuz und quer durch den Verbotenen Wald, dann der erschöpfende Marsch auf der geheimnisvollen Straße. Und jetzt neue Rätsel. Neue Andeutungen, die auf noch mehr Mysterien hinwiesen.

„Will uns deine Herrin sehen, oder will sie das nicht? Ich finde, sie sollte sich langsam entscheiden, die gute Ratzel!"

Auf Mischas Stirn erschien eine steile Falte. Er hatte wirklich eine Engelsgeduld, aber auch sowas war irgendwann einmal erschöpft.

Jetzt, zum Beispiel.

Im Nu hatte ihn der Regen bis auf die Knochen durchnäßt, und seinen Freunden erging es ebenso. Die ölgetränkten Wettermäntel hielten zwar den Regen ab, der geradewegs daraufpeitschte, aber gegen die allgegenwärtige Nässe waren sie machtlos. Sie sickerte unter die Kapuzen, rann beklemmend schnell über Gesicht und Hals abwärts, und sie kroch vom Boden herauf. Sie alle froren erbärmlich, waren müde, durstig, hungrig – kurzum: am Ende ihrer Kräfte und ihrer Geduld.

Der Blätterwisch nieste. „Es . . . es tut mir so leid“, piepste er mitleiderregend, und Mischa glaubte ihm sogar. „Sie ist sehr – launisch. Auch ein bißchen exotisch. Manchmal treibt sie ihren Schabernack mit jenen, die sie besuchen wollen. Aber mit euch . . . mit euch hatte sie das nicht vor. Besondere Gründe . . . sie muß besondere Gründe haben. Meine Herrin war noch niemals ungerecht oder gar – grausam. Ich denke schon eine ganze Weile darüber nach, über den Grund. Warum sie uns so lange auf dieser magischen Straße umherirren läßt. In der Tat hätten wir schon lange am Ziel sein müssen.“

„Und?“ Mischas Stimme klang härter, als er beabsichtigt hatte.

Der Blätterwisch sah ihn traurig an. „Ich bin nur zu einem Schluß gekommen“, sagte er leise. „Es muß ihr etwas zugestoßen sein. Sie hat viele mächtige Feinde, nicht nur im Verbotenen Wald.“ Die letzten Worte wisperte der Blätterwisch nur noch. Unsagbare Verzweiflung zitterte wie düsterer Rauch in seiner Stimme mit.

„Etwas zugestoßen? Du meinst, irgendwer hat ihr etwas angetan?“ Rajds Gesicht nahm einen fassungslosen und entsetzten Ausdruck an. „Hier, im Verbotenen Wald? Aber – das ist ja schrecklich!“

„Es wäre unser Ende – ein fürchterliches Ende“, sagte der Blätterwisch düster und schien mit diesen Worten geradezu einzuschrumpfen.

„Rede endlich“, fauchte Thay-Lee. „Du hättest uns schon längst warnen müssen . . . Diese elende Geheimniskrämerei!“

„Ich habe die Hoffnung nicht aufgegeben, daß ich es mir nur einbilde . . . ich wollte sie nicht aufgeben.“ Der winzige Laubgeist zitterte, und zwar buchstäblich wie Espenlaub.

„Was wird mit uns passieren?“ stellte Mischa mit seltsam

ausdrucksloser Stimme die entscheidende Frage.

„Diese Straße", flüsterte der Blätterwisch zittrig. „Sie führt nicht nur durch den Verbotenen Wald, aber das habt ihr ja bestimmt schon gemerkt. Sie führt auch durch die Zeit, in einem langen, gewundenen Muster, auf dem eventuelle Verfolger abgeschüttelt werden können. Eine Sicherheitsvorkehrung Ratzels und absolut ungefährlich für diejenigen, die mit ihrer Erlaubnis auf der Straße unterwegs sind. Ihr habt sowohl ihre Erlaubnis, wie auch mich, als Führer. Ratzel wollte, daß ihr zu ihr findet.

Aber wenn die Hexe des Verbotenen Waldes nicht mehr lebt, oder wenn sie schwer verletzt ist, dann kann sie die Magie dieser Zauberstraße nicht mehr unter Kontrolle halten. Die Straße wird keinen Anfang und keine Ende mehr haben. Und wir – wir werden dann für alle Ewigkeiten darauf unterwegs sein – für alle Ewigkeiten . . . Wir werden niemals sterben, das nicht. Wir werden nur immer durch diesen Geisterwald weiterlaufen . . ."

4. Die Macht des Bösen

Mischas Nerven spannten sich zum Zerreißen an.

Hatte Ratzel tatsächlich die Macht über die Zauberstraße verloren?

Waren sie nicht schon eine Ewigkeit unterwegs?

Der immer schneller vonstatten gehende Wechsel des Waldes ringsumher, diese huschende Abfolge von Frühling, Sommer, Herbst und Winter – deutete das alles nicht bereits darauf hin, daß sie in dem teuflichen Kreislauf gefangen waren? Gefangen auf dieser Straße durch die Zeiten – durch die Ewigkeiten?

Hinter Mischas Stirn begann etwas bösartig zu pochen – ein aufdringliches, nervös machendes Geräusch, das seine Selbstbeherrschung bis in die Grundfesten erschütterte. Als würde ein gemeiner Kobold in seinem Kopf sitzen und mit einem großen Hammer unerbittlich auf einen Amboß schlagen.

„Wie . . ." Seine Stimme krächzte, er räusperte sich und begann noch einmal. „Wie merkt man es, wenn –"

„Man merkt es nie, jedenfalls nicht *richtig*. Man hat stets nur den Verdacht. Es gibt keine Bestätigung, keine Gewißheit. Nur dieses vage Gefühl. Und die Angst, niemals am Ziel anzukommen. Diese Angst . . . sie ist vielleicht das Schlimmste . . ."

„Du liebe Güte!" entfuhr es Rajd, der nach der ersten Eröffnung schreckensbleich geworden war und sich hastig umblickte. Auch El Botzo lugte aus seiner Turban-Höhle, und zum ersten Mal, seit Mischa den Kleinen kannte, war auch der Kobold erschüttert.

„Und ich kann keinen Zeitlosen Hüpfer anwenden, und Rajd nichtmal seine Zauberei . . .", ächzte er. „Weil hier oben keine Zauberei funktioniert . . ."

„Ich hab's euch ja gleich gesagt", warf Rajd mümmelnd ein. „Wenn ich nicht zaubern kann, garantiere ich für nichts. Dann is' was faul, oberfaul sogar. Mit meiner Kunst hätte ich euch notfalls immer noch raushauen können, aber so –"

El Botzo redete ungerührt weiter: „Es sei denn, der Zauberstein . . ." Der Kobold starrte Mischa an, und seine listigen Äuglein funkelten plötzlich unter einem stechenden Blick. „Mischa. Der Zauberstein!" Neue Hoffnung glomm in seiner Stimme.

„Daran habe ich auch schon gedacht, aber . . ." Er sprach nicht weiter. Die Angst zog sich um Mischa zusammen, in langsamen, schlangenhaften Zuckungen und Verkrampfungen.

„Wir wissen, daß es gefährlich ist . . ."

Mischa hörte gar nicht mehr hin.

Unwillkürlich ging er schneller, als könne er so der Entscheidung entkommen.

Der Regen fiel dichter. In silbrigen Fontänen spritzten die

Tropfen auf die hellen, schimmernden Pflastersteine der unendlichen Straße. Zu den beiden Seiten dieser Straße hatte sich der Wald auf unheimliche, lautlose Art und Weise wieder in einen Herbstwald verwandelt. Im Unterholz raschelte und plätscherte es, daß Mischa schon meinte, jeden Moment Hunderte von gefährlichen Gegnern daraus aufspringen und angreifen zu sehen.

„Mischa . . ."

Das war El Botzos Stimme. Flehend klang sie. Und eindringlich.

Mischa nickte, ohne seinen Koboldfreund direkt anzusehen. Der Zauberstein, sagte er sich. Ja. Und plötzlich wurde er ganz ruhig.

„Nicht stehenbleiben", ordnete er an.

Das Regenprasseln schwoll an, wuchs sich aus zu einem gigantischen Rauschen, zu einem Trommeln und Prasseln, das den Wald in einem grauen Wogen überschwemmte.

Nur die Straße gab es noch – selbst ein bleicher, silberheller Schemen, der jetzt, unter dem schlagenden, peitschenden Regen wie lebendig wirkte. Wie eine richtige Schlange, zum Leben erweckt durch die Nässe und die hastigen, angstvollen Schritte der Freunde.

Mischa hielt den Zauberstein ganz fest umklammert. Das Juwel erwärmte sich. Es war eine seltsame, eine *kalte* Wärme, fast wie eine unausgesprochene Warnung.

„Muß ich dir schon wieder helfen?" erklang eine böse Stimme direkt in Mischas Kopf. Er kannte sie gut, nur zu gut.

Es war die Stimme des Zaubersteins!

„Wie oft hast du heute schon auf mich vertraut – heute, an diesem ganz besonderen, an diesem ganz besonders langen Tag?" Ein hämisches, abgehacktes Kichern wehte durch Mischas Verstand. „War nicht ich es, der dir heute Morgen schon geholfen hat? Der dich aus der falschen Wirklichkeit des Trugbildes zurückgeholt und vor den Gefahren des Nebels gewarnt und beschützt hat? Und jetzt willst du schon wieder etwas von mir?"

Mischa antwortete nicht. Was hätte er auch sagen sollen? Der Zauberstein hatte ja recht – und er war nicht irgend ein Juwel . . . er war ein Relikt der Macht. Ihm verdankte Mischa den Titel *der wahre Erbe der Macht.* Nur, diese Macht, dieses Juwel, lebte auf eine eigenartige, grauenvolle Weise. Der Zauberstein war von einer dämonischen Intelligenz beseelt – und böse. Wehe, wenn Mischa in seiner Wachsamkeit, ihn unter Kontrolle zu halten, nachließ. Wehe, wenn die Macht über denjenigen triumphierte, der sie innehatte. Wenn nicht mehr er über den Zauberstein gebot, sondern dieser über ihn. Wenn er ihn zu seinem willenlosen Sklaven machte . . .

Auf seine Art war der Zauberstein genauso gefährlich wie der Verbotene Wald mit seinen magischen Fallen. Mischa hatte seine Erfahrungen mit dem Juwel gemacht – schreckliche Erfahrungen.

„Macht hat stets ihren Preis", hörte er die boshafte Stimme erneut – wie aus dem Jenseits; wie das grausige Lied einer Totenglocke.

Mischa schüttelte die Schwäche von sich, und jetzt war er dem Regen, der unerbittlich in sein Gesicht schlug, geradezu dankbar. Mischas Lider schlossen sich. Sein Gesicht wirkte kantig und wie gefroren. Eine eigenartige Trance erfüllte ihn – ein Zustand zwischen Traum und Wachsein. Er schritt weiter auf der Straße der Alten entlang. Seine Freunde waren bei ihm. Keiner sprach. Sie spürten, daß etwas geschah, daß etwas vorging.

Etwas Gewaltiges . . . Unaussprechliches . . .

Mischas Kampf gegen den Zauberstein!

„Ich habe dich besiegt", krächzte Mischa. Und weil er nicht wußte, ob er diese Worte tatsächlich aussprach oder ebenfalls nur träumte, dachte er sie umso konzentrierter. „Ich habe dich besiegt", wiederholte er. „Damals, auf dem Teufelsmeer."

„Die Macht“, erwiderte die kalte Stimme des Zaubersteins in Mischas Verstand spöttisch, „die Macht besiegt man niemals für immer. „Weißt du nicht mehr? Jedesmal, wenn du meine Hilfe in Anspruch nehmen mußt, du großartiger Erbe der Macht, hast du dafür deinen Preis zu entrichten.

Und dieser Preis heißt: mehr Einfluß für mich. Mehr Macht über das, was du tust.

Du hast recht, Mischa. Noch bin ich nicht wieder stark genug, dich und deinen Körper abermals ganz unter meinen Willen zu zwingen und tun zu lassen, was ich für richtig halte. Aber ich werde stärker, von Mal zu Mal. Je öfter du mich einsetzt. Und du setzt mich oft ein, sehr oft. Du kämpfst einen fast aussichtslosen Kampf – du brauchst mich. Nicht nur jetzt, da ihr auf dieser Straße der Alten gefangen seid. Auch später. Gegen die Meister der Lüge und gegen ihre Verbündeten, die überall auf Camelon lauern. Überall. Du brauchst mich.“

Unter den treibenden Peitschenhieben des Regens spürte Mischa eine stumme Pein in sich erwachen. Aber auch – Kraft. Eine Stärke, die verhinderte, daß er weinte. Die verhinderte, daß er zusammenbrach.

Er gab nicht auf!

Er durfte nicht aufgeben – und er würde nicht aufgeben! Plötzlich war es ganz einfach. Er schüttelte das Frösteln, die Mutlosigkeit und die Hoffnungslosigkeit ab wie einen alten, geflickten Wintermantel im Sonnenschein.

„So, wie du mit jedem Mal stärker wirst“, sagte er hart, „so lerne auch ich mit jedem Tag dazu. Ich habe dich schon einmal überwunden. Ich werde dich wieder besiegen. Ich werde lernen, mit der Magie umzugehen. Und mit dir. Mach dir also bloß keine falschen Hoffnungen, Zauberstein. Du kannst mich nicht mehr in deine Gewalt bekommen. Jedenfalls nicht mehr so. Vorher werfe ich dich lieber in einen der einsamen Seen auf den Wolkenhohen Bergen – dort wird dich niemand mehr finden.

„Du bist ein undankbarer kleiner Teufel, Mischa Berger!" explodierte die Geisterstimme des Zaubersteins wieder direkt in Mischas Verstand. Aber es schwang auch so etwas wie Respekt und insgeheime Bewunderung mit.

„Wenn ich nicht gewesen wäre, heute morgen, dann wärst du dem Gesicht des Vergessens verfallen. Du wärst nie wieder aus deinem Traum aufgewacht. Auf ewig hättest du das Felsengesicht angeglotzt, und irgendwann, irgendwann wärst auch du versteinert, genau wie deine Freunde . . ."

Mischa spie dem Zauberstein entgegen: „Rede nicht mehr *davon*! Hilf uns jetzt – und zwar ohne Bedingungen!"

Und der Zauberstein verwandelte sich unter Mischas Händen – und unter der Kraft seines Willens und Wollens! Blutrot glühte er auf und im nächsten Moment giftgelb. Ein böses Wallen umhüllte ihn. Mehr als jemals zuvor wirkte das Juwel wie ein zorniges, haßerfülltes Teufelsauge, gefaßt von Mischas Händen.

Mischa war stärker. Tief in ihm rastete etwas ein. Tief in ihm brach ein Damm, der ihm Macht gab über das Juwel in seinen Händen. *Der wahre Erbe der Macht.* So hatte der Krieger des Regenbogens zu ihm gesagt, damals, in jener schicksalhaften Nacht auf der Erde, in den Ruinen. *Du bist der wahre Erbe . . .*

Das giftgelbe Licht verästelte sich. Ein böses Knistern breitete sich aus.

Rajd brüllte etwas. Thay-Lee wich von Mischa zurück. Die giftgelbe Farbe hüllte ihn ein, leuchtete intensiver, ließ die darauftreffenden Regentropfen in Sekundenschnelle verdampfen. Mischas Gesicht verzerrte sich vor grauenhafter Anstrengung, wurde zu einer abstoßenden Fratze. Seine Augen quollen beinahe aus den Höhlen. Seine Hände zitterten, als er sie langsam höher und höher hob, bis er das Juwel wie triumphierend über seinem Kopf hielt.

Nebel wallten und wogten. Nebelarme und -hände bildeten sich, griffen nach allen Richtungen in das Wogen der

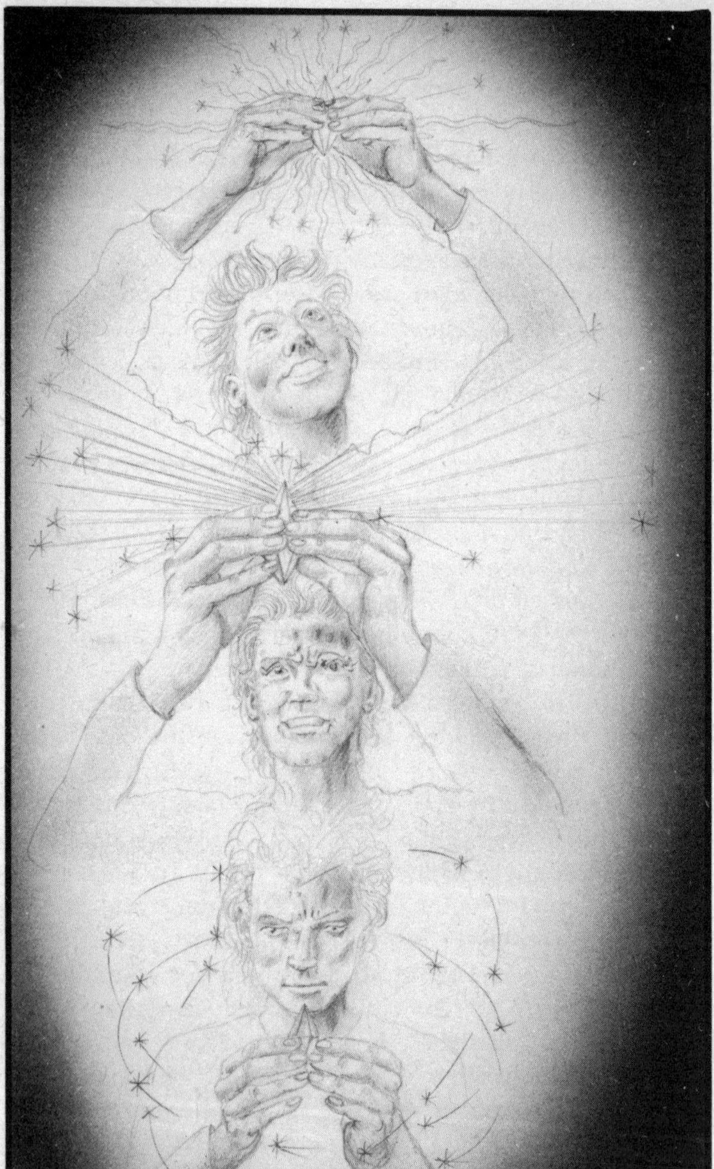

Düsternis. Unbeirrt, noch immer mit geschlossenen Augen, ging Mischa weiter. Die Kraft des Zaubersteins erfüllte ihn und ergänzte die Kraft, die er in sich hatte. Schreie gellten, ferne, gräßliche Echos, die direkt aus dem Fegefeuer zu kommen schienen. Schatten tanzten und wirbelten. El Botzo tauchte vor Mischa auf, hastete mit wehender schwarzer Kutte davon. Der Pestgestank von Magie war allgegenwärtig – Magie, die sich jetzt unter der Gegenmagie des Zaubersteins auflöste, zersetzte wie ranzige Butter unter einem grellen Feuerstrahl. Irgendwo kreischte der Blätterwisch in fürchterlichen Schmerzen.

Dann herrschte Stille!

In Mischas Kopf dröhnte die Stimme des Zaubersteins. *„Wir werden ja sehen, wie weit du kommst, Mischa"*, raunte das Juwel böse. *„Wir werden sehen. Bald schon wirst du mich wieder anflehen, dir zu helfen. Bald, bald! Du kannst nicht auf die Macht verzichten. Jetzt nicht mehr, nachdem du sie schon so oft genossen hast. Dieser Taumel, dieser Triumph, Dinge zu vollbringen, die außer dir niemand vollbringen kann . . ."*

„Dein Selbstbewußtsein möchte ich haben", versetzte Mischa zynisch – und riß die Augen auf.

Regen prasselte ihm ins Gesicht und blendete ihn. Mischa zwinkerte die Tropfen von seinen langen Wimpern fort – und merkte erst jetzt, daß er losgelaufen war. Zuerst taumelnd, dann mit sicheren Schritten und schließlich immer schneller.

„Kommt!" brüllte er seinen Freunden zu. „Schnell! Mir nach!" Und der Wind und der Sturm rissen ihm die Worte von den Lippen. Er achtete nicht darauf. Trotz Regen und Weltuntergangswetter sah er es!

Greifbar nahe war ein verwaschener, bleicher Flecken im Dämmer des Regens aufgetaucht – wie ein Auge! Der Ausgang, hämmerte es in Mischas Kopf. Das Ende der Straße der Alten! Die Rettung!

Blitze züngelten um die Freunde herum und spalteten das Grau mit violettem Gleißen. Die Bäume zu beiden Seiten der Straße schienen zu einem gefährlichen Leben erwacht zu sein. Mit langen Klauenfingern griffen sie nach Mischa, Rajd, Thay-Lee und Botzo, die vorwärtstaumelten, am Ende ihrer Kräfte.

In Mischas Ohren entstand ein Druck. Glitschige Baumhände versuchten, seinen Arm zu packen, ihn festzuhalten. Der Druck wurde schlimmer. Mischa ließ den Zauberstein los – und im nächsten Moment glaubte er, in tiefem Wasser zu versinken.

In diesem Augenblick löste sich die Straße unter seinen Füßen tatsächlich auf! Die silberglänzenden, gewölbten Pflastersteine, von Regen mit einem schmierigen Bezug überlegt, wurden weich, nachgiebig – und dann zu sprudelndem Wasser!

Seine Freunde konnte er nicht mehr rechtzeitig genug warnen. Er hörte Rajd schimpfen und dann einen Wasserschwall ausspucken. Als wirbelnder Schemen geisterte Thay-Lee dicht vor Mischa. Botzo war etwas Winziges auf ihrem Rücken. Die Welt verschwand – Mischa hörte Rajd keuchen und würgen, streckte im Laufen blindlings die Hand aus, packte den Ärmel des Verspielten Königs und zerrte ihn mit sich.

Das Wasser schlug über ihnen zusammen! Eiseskälte brannte sich in Mischas Gesicht. Er riß die Augen auf, stieß sich von einem felsigen Bachgrund ab, rutschte auf dem glitschigen Gestein aus und wurde von Titanengewalten nach oben gewirbelt, durch schäumendes, sprudelndes Wasser hinaufgedroschen – und durchbrach im nächsten Moment mit dem Kopf die Wasserfläche. Rajd brüllte etwas, das Mischa im Toben der Wassergewalten nicht verstand. In diesen schrecklichen, alles entscheidenden Sekundenbruchteilen hatte er seine gesamten Sinne allein auf den hellen Flecken voraus konzentriert.

Rasend schnell wurden sie von dem gischtenden Wasser darauf zugerissen! Schaum flockte hoch, und Mischa fühlte sich kurz an seinen Traum erinnert. Kälte vibrierte über der Wasseroberfläche.

Thay-Lees und Botzos Köpfe tauchten meterweit voraus auf den schäumenden Brechern auf, klein und winzig wie Flaschenkorken!

Mischa zog Rajd mit, verkrallte seine Hand in den Ärmel des Verspielten Königs. Der Wildbach ließ sein brüllendes Lied zum unsichtbaren, hinter grauen, wirbelnden Schleiern aus Dunst und Eiseskälte verborgenen Himmel hinaufsteigen. Das Wasser jagte in Dröhnen und Rauschen dahin, tanzte über Felsen, sprudelte um gefährliche, algenüberwachsene Steinzähne, wirbelte in gefährlichen Untiefen auf eine kerzengerade Trennlinie zu, einen Silberstreif: dort endete der Wald wie abgeschnitten, und der dunkle Tunnel, der sich für Ewigkeiten über der Straße der Alten gewölbt hatte, mündete in Helligkeit – auf eine Lichtung!

Abermals wurden Mischa und Rajd unter Wasser gesaugt. Hals über Kopf kreiselten sie hinunter, überschlugen sich immer wieder – hilflose Spielbälle der Wassergewalten. Mischas Luft wurde knapp. Seine Kehle brannte. Seine Lungen drohten zu platzen. Luftblasen wirbelten vor seinen Augen, zerbarsten und wurden gleich darauf zu winzigen Totenschädeln, die nach oben wegflirrten. Mischa riß sich herum, seine freie linke Hand wischte über abgeschmirgelte Felstrümmer – dann fanden seine wild strampelnden Füße irgendwo Halt. Instinktiv stemmte er sich ab. Der gewaltige Ruck jagte ihn nach oben. Zu sehen war nichts. Grau wirbelte und wogte. Schaum schlug ihm ins Gesicht. Er schluckte Wasser, bitteres Wasser – würgte und spuckte es aus. Seine Kleider wurden schwerer, immer schwerer – wie Bleigewichte. Vollgesogen mit Wasser, dachte er. Sie zogen ihn wieder hinab. Er schrammte mit der Schulter über eine Felswand, sah Rajds verzweifeltes Gesicht plötzlich über sich – groß, wie aufgedunsen . . . In den Augen spiegelte sich die Angst – die Todesangst . . .

Dann kamen sie wieder hoch! Der Wettermantel behinderte Mischa. Verzweifelt zerrte er an der Kordel, die ihn vor seinem Hals zusammenhielt. Rote Wirbel kreisten vor Mischas Augen. Mit der Kraft der Verzweiflung fetzte er den Verschluß auf und sah den Mantel wie einen silbrigen Manta davontaumeln, eins mit den Fluten.

„. . . Ufer hinüber . . .", kreischte Rajds Stimme neben Mischas Ohr.

Er machte Schwimmbewegungen, konnte sich zusammen mit dem Verspielten König tatsächlich über Wasser halten, immer wieder von neuen Brechern und Sturzbächen überschüttet, und sah das Ufer hinter der Barriere aus wütenden Wassernebeln auftauchen.

Mischa schnellte sich herum, schlug wieder unter Wasser – stieß abermals irgendwo an – und spürte einen dumpfen Aufprallschmerz. Im nächsten Augenblick fühlte er den Boden unter seinen Füßen, keinen Fels mehr, sondern eine weiche, schlammige Masse!

Der Wildbach ergoß sich in einem funkelnden Band auf die Lichtung hinaus. Regenbogen glitzerten über dem Bachbett. Mischa erahnte die weite, fast kreisrunde Fläche mehr, als daß er sie sehen konnte. Noch waren er und seine Freunde der brodelnden Hölle des verzauberten Wildwassers nicht entkommen. Die Welt ringsum schwankte und hüpfte – ganz so, wie die Wellen mit Mischa spielten, ihn hochdrückten oder in die Tiefen hinabsaugten.

★

Das Regendüster sorgte dafür, daß das Rund des Waldes hinter dichtem Wallen verborgen blieb. Düster war die Stimmung auf der Lichtung, soviel konnte Mischa trotzdem erkennen. Ein drohender, böser Hauch lastete auf dem Land. Es war nur ein flüchtiger Eindruck, aber Mischa spürte, daß er sich nicht getäuscht hatte. Sie waren nicht in Sicherheit. Noch lange nicht! Für einen Moment wollte die Verzweiflung übermächtig werden, aber Mischa verdrängte sie.

Wieder schlug das Wasser auf ihn herunter, wieder mußte er um sein Leben kämpfen, wieder drückten ihn metallgraue, gierige Wellenfinger in die schwarze Tiefe . . .

Dann spuckte ihn das Wildwasser plötzlich aus!

Das Bachbett beschrieb eine weite Krümmung nach rechts hinüber. Linker Hand tauchte ein flaches Ufer auf, von hektischen Wellen brodelnd ausgespült. Mischa raste halb besinnungslos darauf zu, sein Atem war ein rasselndes Keuchen. Jetzt wurde er von Rajd vorwärtsgeschoben und gedrückt und konnte sich gleich darauf endlich an einem Felszacken festklammern. Keuchend zog er sich nach vorn, riß sich einen Fingernagel ein und achtete nicht darauf. Er kam aus der sprudelnden Untiefe der Bachmitte heraus. Noch immer peitschten ihn die Wasserstrudel, aber das waren nur noch die schwächeren Ausläufer der Untiefen. Das Wildwasser brauste in einem Höllentempo an ihnen vorbei und ließ sie an der Krümmung des Bachbettes unbehelligt.

„Nicht liegenbleiben!“ ächzte Rajd und schüttelte Mischa bei den Schultern. „Na komm schon!“

„Ich tu, was ich kann. Ehrlich, Rajd.“

„Hoffentlich“, preßte der Verspielte König gar nicht verspielt heraus. „Wenn wir nämlich nicht schnell genug aus dem Wasser herauskommen . . .“

„Was dann? unterbrach Mischa, während er sich mühsam aufrichtete und durch das hier seichtere Wasser vollends zum Ufer hinüberwankte. Es war trotzdem schwer. Immer wieder rissen Wasserstrudel an seinen Füßen und drohten, sie ihm unter dem Leib wegzureißen.

„Das hier“, keuchte Rajd und schloß tappsend wie ein großer Tanzbär zu Mischa auf, „das hier ist doch in Wirklichkeit eine Straße, oder? Eine Zauberstraße, die durch die Magie deines Zaubersteins in einen Wildbach verwandelt wurde.

Anders wären wir wahrscheinlich nie mehr aus dem magischen Zeitfeld herausgekommen, in dem wir gefangengesetzt waren. Also. Jetzt gibt's da noch jemanden, der dafür verantwortlich ist; der uns auf der Straße festgesetzt hat. Absichtlich oder unabsichtlich. Wenn es diesem Jemand gelingt, deine Zauberstein-Magie aufzuheben oder wenigstens auszugleichen, dann wissen wir, daß es Absicht war. Und dann stecken wir nicht mehr im Wasser, sondern *in der Straße* fest, klar?"

„Du hast vielleicht eine Art, deine Freunde zu ermutigen in der Stunde höchster Not!" knurrte Mischa.

„Ich kenn mich aus in magischen Dingen, vergiß das nicht."

„Nein, nein!" versicherte Mischa hastig, stapfte über zwei flache, aus dem schäumenden Wasser ragende Steine endgültig zum Ufer hinüber, erreichte das Land und biß die Zähne zusammen, um zu verhindern, daß sie wie wild aufeinanderklapperten. Er fror erbärmlich. Er war durchnäßt und fühlte sich wie tiefgefroren. In seinen Adern schien kein Blut mehr zu zirkulieren, sondern nur noch rote Eiskristalle.

„Komm, ich halte dich."

Rajd ergriff Mischas Hand, sprang mit einem grotesken Hüpfer ebenfalls an Land und atmete hörbar auf.

Seite an Seite hasteten sie die Uferböschung hoch, und das machtvolle Rauschen des Wildwassers schien noch einmal einen zornigen Brüllton anzunehmen. Oben angekommen rutschte Mischa aus, stürzte vornüber, klatschte in breiigen Morast, fluchte und kam atemlos wieder hoch. Rajd erging es kaum besser. Er zappelte noch auf dem Hang herum, schaffte es dann aber auf allen Vieren nach oben. Seine Wangen waren gerötet. Sein Turban hing verrutscht, triefendnaß, verdreckt und jämmerlich in seiner Stirn. Seine bleichen Lippen zitterten, und die Anstrengung und das Grauen zeichnete das sonst so weiche Gesicht des Verspielten Königs.

„Mist! Elendiger!" keuchte er herzhaft. „Ich hab die

Gepäck-Bündel verloren . . ."

„Hauptsache, wir sind am Leben. Komm. Weg vom Ufer."

„Aber Thay-Lee und Botzo – und der Blätterwisch . . ."

„Da vorn sind sie!" Mischas scharfe Augen hatten sie bereits ausgemacht, und die Erleichterung über seine Entdekkung wärmte ihn wie eine ganze Batterie Heizsonnen. Tatsächlich – nur fünf oder sechs Meter entfernt, in der Regendüsternis des hereinbrechenden Abends nur schemenhaft zu erkennen, waren die anderen. Sie suchten das dort steilere Ufer des Wildbaches ab, und hielten offenbar nach ihnen Ausschau.

Rajd wollte rufen. Mischa kam ihm allerdings zuvor – und brachte ihn mit einem schnellen Rippenstoß dazu, den Mund erstmal wieder zuzuklappen.

„Mumpf!" brabbelte Rajd. „Was ist denn jetzt schon wieder?" empörte sich der Verspielte. Mischa zog ihn mit sich. Wütend machte sich Rajd aus dem Griff frei.

„Gerade hast du's noch selbst gesagt. Es gibt hier noch jemand."

„Ratzel?"

„Vielleicht nicht nur sie. Der Blätterwisch hat angedeutet, daß ihr etwas zugestoßen sein könnte. Also. Wenn sie sich nicht gerade beim Treppensteigen das Genick gebrochen hat, dann gehören zum Zustoßen immer zwei."

„Freilich, alles klar. Sie hat mächtige Feinde, hat der Blätterwisch gesagt." Rajd patschte sich mit der flachen Hand gegen die nasse Stirn, daß die Tropfen davonspritzten. „Hab ich ganz vergessen im Strudel der Ereignisse."

Gehetzt blickte er sich um, als er zusammen mit Mischa weiterlief.

Regen prasselte wütender herunter, und Thay-Lees schlanke Gestalt verschwand hinter dichten grau-schwarzen Schleiern. Die gesamte Lichtung ertrank in den Sturzbächen.

Dann erreichten sie die anderen. Die Freude war groß, blieb aber notgedrungen leise. Thay-Lee hatte das El Botzo bereits angeordnet. Der Kobold sah grün aus im Gesicht.

„Ziemlich viel Wasser geschluckt . . .", meinte er erklärend auf Mischas Blick hin. „Ich hasse Wasser. Es ist nicht gut für Kobolde. Urg!"

„Vielleicht schmiert's ja dein Lästermaul!" giftete Rajd anzüglich, der die vorherige Auseinandersetzung trotz allem nicht vergessen hatte. „Oder es hilft gegen deinen Käsege-"

„Hört auf, ihr beiden!" fauchte Lee und versetzte Rajd einen leichten Stoß.

„Ich wollte ihm ja nur helfen", verteidigte er sich. „Vielleicht wäscht er sich ganz einfach zu wenig . . ." Dann wurde er von Lees funkelnden Augen abgelenkt. Sein Blick folgte dem ihren, zum Blätterwisch, der in ihrer Handfläche ruhte. „Was hat er denn?" Rajds Stimme kiekste plötzlich.

Der Blätterwisch war geschwächt – und kaum mehr als das fröhliche Kerlchen wiederzuerkennen, als das sie ihn getroffen hatten.

„Durchhalten", sagte Botzo gerade zu ihm. „Das kriegen wir wieder hin, und dann kannst du wieder im Laub wühlen . . ." Der kleine Kobold, normalerweise Lästermaul Nummer eins, meinte es ehrlich. Seine Stimme kratzte, und in seinen großen Augen glitzerten sogar Tränen, die er vor dem Blätterwisch aber tapfer verbarg.

„Das – das hab ich nicht gewußt. Ich . . ." Rajd beugte sich mit El Botzo und Mischa über den Laubgeist.

„Ich – ich fühle mich so schwach. Und mir ist kalt. So kalt", flüsterte der Winzling.

„In der Hütte der Hexe Ratzel ist es warm. Dort kannst du dich trocknen", tröstete auch Lee. „Sag uns, wo wir die Behausung deiner Herrin finden. Bitte. Wenn wir sie nicht finden, sind wir verloren – wir werden alle erfrieren."

Erst jetzt sah Mischa Thay-Lee richtig an, und er verspürte kurz einen Stich von schlechtem Gewissen. Er hatte mehr die Umgebung im Auge behalten, als seine Freunde. Lee sah krank aus. Ein blutiger Kratzer zog sich über ihre Stirn. Ihre

Haare waren strähnig und zerzaust, ihre Kleider zerrissen. Botzo machte kaum einen besseren Eindruck. Und sie alle waren naß bis auf's Knochenmark, und der wütend strömende Regen tat alles dazu, daß es so blieb.

„In der Mitte der Lichtung . . .", antwortete der Blätterwisch endlich. Sein Stimmchen war abgehackt. Der zierliche Blattkörper wurde immer wieder von heftigen Krämpfen geschüttelt. „Das Stein-Monument . . . Dort . . ." Die winzigen Äuglein fielen zu, und für einen Moment glaubte Mischa schon mit eisigem Schrecken, der Blätterwisch sei gestorben.

Aber er atmete noch – ganz schwach, kaum merklich.

„Los!"

Sie eilten los, nachdem sie sich kurz orientiert und ihre Ausrüstung überprüft hatten. Letzteres Ergebnis war mehr als entmutigend. Ihr gesamter Proviant war ein Opfer des Wassers geworden, ebenso die Wettermäntel und ein Großteil der Pfeile. Nur die Schwerter, die Thay-Lee und Mischa sicher auf den Rücken gegurtet trugen, so daß die Waffen mit einem blitzschnellen Griff der rechten Hand zur linken Schulter zu erreichen waren, waren ihnen geblieben; ebenso die beiden Langbogen, was an und für sich schon ein kleines Wunder war.

Schlechte Karten, dachte Mischa, aber er hütete sich, das laut auszusprechen.

„Zehn Pfeile", raunte ihm Thay-Lee im Laufen zu.

Er hatte seine nicht gezählt, aber mehr waren in seinem Köcher bestimmt auch nicht.

Die Weite der Lichtung nahm sie auf, und das Rauschen und Dröhnen des Wildwassers blieb mehr und mehr zurück, wurde zu einem Singen und vermischte sich schließlich ganz mit dem eintönigen Trommeln und Strömen des Regens. Die grauen Schleier wischten jetzt von vorn herunter, ihnen entgegen, überzogen das silberleuchtende, wadenhohe Gras der Lichtung mit Nässe und machten es trügerisch und glitschig.

Die Bewegung sorgte dafür, daß ihre Durchblutung wieder in Gang kam. Bald schwitzte Mischa, und das Frösteln, das ihn wie Fieberschauer durchronnen hatte, verschwand. Die nasse Kleidung dampfte förmlich auf seinem Körper.

Dann sah Mischa in der Mitte der Lichtung das Monument!

Es war ein riesengroßer Bau, eine Art umgedrehtes U, momentan nur schattenhaft zu sehen; der obere Teil war im wirbelnden Jagen der Gewitterwolken verborgen und nur zu erahnen. Zwei mächtige Steinpfeiler trugen einen noch mächtigeren Querbalken. Die Höhe des Monuments betrug sicherlich mehrere hundert Meter, die Breite der Pfeiler etwa dreißig Meter, schätzte Mischa. Die Zeit hatte an dem Stein-Bauwerk genagt, Wind und Wetter hatten ihre Spuren hineingemeißelt. Und dennoch strömte es eine Kraft aus, eine trutzige Unbeugsamkeit, die erkennen ließ, daß es bis zum jüngsten Tag hier stehen und allen Unbilden des Wetters trotzen würde; sengender Hitze wie klirrender Kälte, Regen wie Trockenheit.

„Ich kann nicht mehr laufen", ächzte Rajd mit erstickter Stimme.

Die anderen wurden langsamer, um auf ihn Rücksicht zu nehmen. Mischa ging voraus. Unwillkürlich wechselte er den Bogen von der rechten in die linke Hand.

Ein unangenehmes Ziehen breitete sich in Mischas Nakken aus. Trotz der Düsternis warf der Stein-Bau – dieses riesenhafte Tor in der Lichtungsmitte – einen drohenden Schatten in seine Richtung. Mischa ging unbeirrt weiter, war erleichtert, seine Freunde neben sich zu haben, eine eng gefaßte Reihe.

Ihre Tapferkeit wurde auf eine harte Probe gestellt. Höher und höher ragte das Monument auf, je näher sie kamen. Es wirkte abweisend, und es strahlte Kälte aus, deutlich spürbar. Winzig klein, wie Ameisen, kamen sich die Freunde im Schlagschatten des Bauwerks vor. Darüber flimmerte – in

Gewitter und Sturm – ein düsterer Regenbogen – ein Regenbogen aus zahllosen Schattierungen von Schwarz. Das unheimliche Flackern erfüllte die gesamte nähere Umgebung des Monuments, ein Gluten und Wabern, das man selbst dann wahrnahm, wenn man die Augen zudrückte.

„Mischa!" flüsterte Rajd warnend. „Ich sag dir, das hat nichts Gutes zu bedeuten!"

„Überhaupt gar nichts Gutes, wie alles in diesem verflixten Wald", pflichtete El Botzo in einer unmöglichen Steigerung bei und dämpfte seine Stimme zu einem dumpfen Nuscheln.

In Gefahrensituationen waren Rajd und Botzo natürlich automatisch wieder ein Herz und eine Seele. So, wie sie ihren ganzen ‚privaten' Zoff nicht allzu ernst nahmen.

„Manchmal glaube ich, es war eine Riesendummheit, hier heraufzusteigen", murmelte der Verspielte König.

„Der ganze Wald ist eine einzige Falle. Für uns aufgestellt. Nur für uns." Thay-Lee hatte das gesagt. Sachlich, fast kalt und scheinbar völlig unbeteiligt. „Ich kann mir nicht vorstellen, daß dafür die Hexe Ratzel verantwortlich ist. Was für einen Grund sollte sie haben? – Aber wer dann? Der Sterngukker? Von ihm haben wir die wertlose Karte. Er wußte, wohin wir wollten."

„Nicht nur er", sagte Mischa. „Auch der Großkönig. Von ihm mußten wir uns die Erlaubnis holen, hier herauf kommen zu dürfen."

„Egeler?"

Mischa nickte nur. „Egeler", bestätigte er.

„Aber warum –", begann Rajd.

„Vielleicht hat er von unserem Vorhaben erfahren", kombinierte Mischa, ohne seine Umgebung aus den Augen zu lassen. „Von dem Zaubertrank, den wir brauen wollen, um Zaleikar zu helfen. Vielleicht ist das dem Großkönig Egeler überhaupt nicht recht . . ."

„Aber er ist kein Zauberer . . ."

Mischa zuckte die Schultern. „Wir werden sehen", brummte er und machte damit deutlich, daß er nicht mehr weiter darüber reden wollte. Momentan hatten sie andere Sorgen; teilweise wenigstens.

Das schwarze Gluten hielt sich hartnäckig am Himmel. Mischa ließ es nicht aus den Augen. Weiter und weiter pirschte er sich an die Pfeiler des Monuments heran. Das nasse Gras raschelte unter seinen Mokassin-Sohlen. Seine ledernen Hosen waren förmlich aufgeweicht, und die vorhin empfundene Wärme war längst wieder verklungen. Mischa war hundemüde, jeder Schritt fiel ihm schwer, und das Augenaufhalten erst recht. Die Erschöpfung war allgegenwärtig. Aber er ließ sich das nicht anmerken. Er wußte, seinen Freunden erging es genauso, aber sie durften jetzt nicht unachtsam werden. Schlafen konnten sie immer noch – später. In Sicherheit. Wenn es hier überhaupt irgendwo Sicherheit für sie gab.

Schließlich ragten die Pfeiler direkt vor ihm auf. Er brauchte nur die Hand auszustrecken, um sie berühren zu können. Aber das ließ er bleiben.

Nässe schillerte auf den mächtigen Steinquadern. Auch hier waren geheimnisvolle Schriftzeichen eingemeißelt, groteske, irgendwie gewaltsam wirkende Symbole; Striche, Kreise und Zickzacklinien. Mischa schluckte krampfhaft. Einen Feind irgendwo im Dunkel gegen sich zu wissen, das war schon hart genug. Aber außerdem auch noch von Magie bedroht zu werden . . . Gegen Zauberei konnte man sich nur mit Zauberei wehren. Weder er noch seine Freunde jedoch beherrschten die Kunst der Magie. Auch wenn Rajd dagegen noch so lautstark protestieren würde.

Also – Rückzug? fragte sich Mischa. Sollen wir umkehren? Aus dem Verbotenen Wald unverrichteter Dinge verschwinden?

Aber – konnten sie denn überhaupt umkehren?

Mischa und seine Freunde umrundeten das Monument.

„Hier ist kein Haus! Nichts!“ zischte Thay-Lee entmutigt.

Der Blätterwisch war noch immer besinnungslos. Er konnte ihnen nicht helfen.

Sie umrundeten das Monument noch einmal, noch aufmerksamer. Ihre Blicke fraßen sich in die Finsternis, tasteten über den gewellten Grasteppich, der jetzt von einem kühlen Wind aufgewühlt wurde.

Nichts.

Der Blätterwisch atmete kaum mehr. Er war dem Tod nahe. Wenn er nicht schnell in Wärme und Trockenheit kam, dann . . .

„Ratzels Hütte muß hier irgendwo sein. Er hat uns den Weg zum Monument gesagt.“ Mischa überlegte kurz, wischte sich die nassen Haarsträhnen aus dem Gesicht und blickte seine Freunde der Reihe nach an. Ihre Gesichter waren nur bleiche Schemen in der Düsternis.

„Wir müssen DURCH das Tor hindurch gehen. Nicht darum herum“, entschied Mischa. Seine Stimme vibrierte. „Macht ihr mit?“

Alle nickten stumm.

Mit einem bösen Gefühl dachte Mischa an die letzten Worte des Zaubersteins, vorhin. *„Du wirst mich wieder brauchen. Bald. Bald schon wirst du mich erneut anbetteln, dir zu helfen. Bald.“*

War dieser Zeitpunkt jetzt gekommen? War dieses Monument eine neue Falle?

Ratzel! dachte Mischa in einem jähen Anflug von Zorn. Wenn das hier nur ein Katz- und Maus-Spiel zu deiner Unterhaltung ist, dann kannst du was erleben.

Mit einem Ruck setzte er sich in Bewegung, schob nervös den ledernen Pfeilköcher auf seinem Rücken zurecht und trat als erster in die muffige Trockenheit unter dem hoch droben lastenden Querbalken.

Fünf Schritte weit kam er –

Da gellte Thay-Lees entsetzter Aufschrei!

5. Maskierte Mörder!

Ein fürchterliches Raubtiergebiß blitzte auf!

Massig und struppig war der Schatten, der aus der Nacht heranschnellte; ein ungeheuerliches Wesen mit einem Gorilla-Körper und dem grobschlächtigen Schädel eines Ochsen! Ringsum war außerdem das Tappsen anderer samtweicher Pfoten zu hören. Die Bestie war nicht allein!

Die langen Pranken des Angreifers flirrten vor und trafen Mischa an der linken Schulter, bevor er auch nur einen Finger zu seiner Verteidigung rühren konnte. Der Schlag rammte ihn zurück. Das rettete ihm das Leben. Die Bestie hatte ihn in eine tödliche Umklammerung nehmen und den Kampf im ersten Ansturm entscheiden wollen. Das hatte nicht geklappt.

Mischa kippte nach hinten, landete wieder auf dem Rükken, und der Aufprall-Schmerz jagte ihm die Tränen in die Augen. Mit zusammengebissenen Zähnen rollte er herum. Der Bogen war in seiner linken Hand. Seine Rechte zuckte in einer gedankenschnellen, hundertfach geübten Bewegung zum Köcher hoch, pflückte einen Pfeil heraus und legte ihn in einer fließenden Bewegung auf die Sehne.

Es dauerte keine halbe Sekunde!

Das Monster war drei Meter hinter Mischa auf Samtpfoten gelandet, riß sich lautlos herum und schnellte mit einem Riesensatz heran.

Mischa unternahm keinen Fluchtversuch. Eiskalt ruckte er den Oberkörper hoch, hob den Bogen, hielt genau auf das eine gräßlich funkelnde rote Auge des Monstrums, zog die Sehne samt Pfeil zurück und ließ sie im nächsten Moment los. Das helle Sirren zerschnitt den Schrei. Später konnte Mischa nicht mehr sagen, ob er oder das Monstrum geschrien hatten.

Mit dem durchdringenden *Tsching!* der Bogensehne

wälzte sich Mischa beiseite, sah den Schatten des Ungeheuers über sich hinweghuschen – und federte hoch. Als er stand, lag bereits der nächste Pfeil auf der Sehne.

Die Bestie aber war wie von einer Titanenfaust mitten im Sprung getroffen worden und überschlug sich und krachte heulend zu Boden.

Mischa spürte ein Zucken in seinem Magen. Sein Blick verschleierte sich. Er haßte es, sein Leben mit der Waffe in der Hand verteidigen zu müssen! Er haßte es, töten zu müssen! Ihm war schlecht.

Er konnte nicht auf den reglosen Körper der Bestie sehen. Er konnte es nicht.

„Die Kreaturen des Dämmerlichts!" pflanzte sich ein Schrei durch die Finsternis fort – er hörte ihn erst jetzt, schreckte aus seiner Starre auf und wirbelte herum.

Der Blätterwisch hatte geschrien.

Mischa rannte los, sah die huschenden Schemen aus der Düsternis heranschleichen. Rote Augen glühten. Draußen, außerhalb des Stein-Monuments, prasselte der Regen.

„Bist du okay?"

Thay-Lees Stimme.

„Aber ja!" Es klang gereizt.

„Komm. Zum Haus."

Er folgte ihr, und jetzt sah er es ebenfalls – jenseits des gewaltigen Bogens des Tor-Monumentes: ein niederes, einfaches Holzhaus, aus roh behauenen Baumstämmen zusammengezimmert, das Dach mit gebündeltem Silbergras gedeckt, lehnte sich in den Schutz eines mächtigen Baumes. Die Äste und Zweige waren weit herabgezogen und wie behütend über das Dach ausgebreitet.

Ein Haus – an einer Stelle, an der vorhin, als sie das Monument umrundet hatten, nichts, aber auch gar nichts gewesen war!

Mischa hatte genug Magie und Zauberei erlebt heute. Er wunderte sich über nichts mehr.

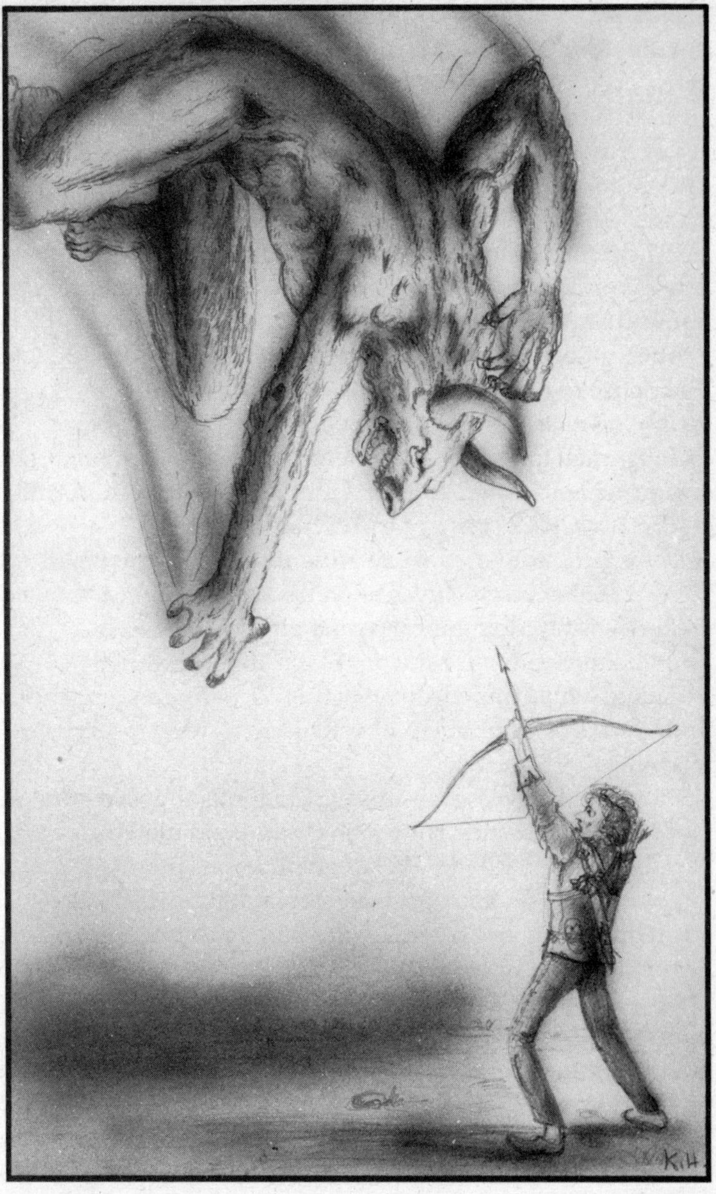
K.H.

Er hetzte hinter seinen Freunden her, das kraftvolle Tappsen der Raubtierpfoten allgegenwärtig in den Ohren. Sie kamen. Die Bestien des Dämmerlichts verfolgten sie, und sie würden nicht einfach aufgeben und abdrehen.

Vor Mischa stoppte Thay-Lee mitten im Lauf. Ein struppiger, muskelstarrender Körper wuchs aus der Nacht empor und sprang.

Ein wildes, blutgieriges Knurren flog von zuckenden Lefzen – gleichzeitig sirrte Mischas Pfeil von der Bogensehne, traf und schleuderte das Monstrum zu Boden.

Aber – es waren zu viele.

Mischa zog Thay-Lee mit sich. Rajd fluchte. El Botzo fluchte noch lauter.

„Wenn ich mich wenigstens unsichtbar machen könnte!" schimpfte er. „Aber hier funktioniert ja NICHTS, ÜBERHAUPT NICHTS!"

Dafür funktionierten seine Füße und Beine umso besser. Er wetzte, daß seine schwarze Kutte nur so flatterte.

Im nächsten Moment hatten sie die Dreißig-Meter-Entfernung bis zur anderen Seite des Stein-Tores bewältigt.

Regen schlug ihnen mit feuchten Schwingen entgegen, und plötzlich war auch das Rauschen wieder allgegenwärtig.

Die Dämmer-Wesen hatten im Durchgang des Monuments auf sie gelauert; und auch dahinter, wie sich jetzt herausstellte!

Von beiden Seiten jagten sie heran, zwei, drei Dutzend ausgehungerte und blutgierige Raubtiere, die sie in die Zange zu nehmen versuchten.

Aber sie waren nicht schnell genug. Direkt vor Mischa und seinen Freunden war noch eine schmale Schneise frei. Genau in die Richtung, in der sich die schattenhaft zu erkennende Hütte Ratzels erhob.

Schweigend stürmten die Vier darauf zu. Stumm vor Grauen mobilisierten sie auch die letzten Kräfte.

Es war ein alptraumhafter Wettlauf. Wie in Zeitlupe spulte sich das Geschehen für Mischa ab, und je näher sie der düsteren Hütte kamen, desto langsamer schienen sie voranzukommen. Es war nur Einbildung, hoffte Mischa wenigstens. Dennoch geriet er mehr und mehr in Panik. Im Gegensatz zu ihnen hechelten die Ungeheuer ohne Mühe heran. Knurrend und geifernd kamen sie. Mit riesenhaften Sätzen, halb hüpfend, halb in schaukelndem Affengang, huschten sie durch die Regennacht, daß die Schwärze selbst wie lebendig aussah.

Mischa sah mörderische Fänge und dunkelrote Augen. Sein Herz hämmerte wie verrückt. Eine Krallenhand schien es zu umklammern und zuzudrücken – ganz, ganz langsam zuzudrücken. Vor den Bestien konnte er davonlaufen, das zumindest versuchen, aber mit seiner Angst war das etwas anderes. Ihr entkam er nicht. Sie war bei ihm, ein kalter, dunkler Begleiter. Etwas Einengendes, Atemraubendes, Lähmendes, das sich wie ein schweres Samttuch über ihn gesenkt hatte.

Für Sekungen verhedderten sich seine Gedanken in einem wilden Strudel. Hinter ihm wurde schnelles Tappsen lauter und lauter. Er blieb nicht stehen. Er schaute nicht einmal über die Schulter zurück. Das eisige Gefühl zwischen seinen Schulterblättern signalisierte ihm auch so, daß er in Todesgefahr schwebte! Mit einem spielerisch anmutenden Schwenk nach links änderte er seine Laufrichtung, stürmte im Zick-zack-Kurs weiter und schloß wieder seinen Freunden auf.

Ein schwerer, zappelnder Körper sauste in Kopfhöhe neben ihm vorbei; haarscharf! Ein nach ihm schnappendes Etwas aus Muskeln, struppigem Fell, Raubtiergestank und Zähnen.

Eine Dämmer-Bestie!

Wahrscheinlich eine von den jenigen, die am weitesten aufgeholt hatten!

Die Hütte! Verdammt, wie weit ist sie denn noch weg?

dachte er verzweifelt. Das Dunkel und der Regen machten die Entfernung trügerisch und unmöglich abzuschätzen.

Halbrechts von sich sah Mischa die Bestie aufkommen. Sie taumelte nach vorn, vom eigenen Schwung mitgerissen. Mischa hatte bereits einen Pfeil auf der Sehne liegen. Jetzt hätte er nur kurz anhalten, zielen und schießen müssen. Das Dämmer-Wesen hätte keine Chance gehabt, er war ein guter Bogenschütze.

Tu es! geiferte die Stimme des Zaubersteins in Mischas Kopf. *Töte das Monster! Es wollte dein Leben, also ist es nur recht und billig, wenn du jetzt seines nimmst! Töte!*

Aber Mischa blieb weder stehen, noch ließ er den Pfeil von der Sehne schnellen. Vor seinem inneren Auge stand noch immer das Bild des anderen Dämmer-Wesens, das er vorhin in Notwehr erschossen hatte. Immer und immer wieder sah er den Pfeil treffen, sah er die Bestie zappelnd zu Boden krachen und sterbend liegenbleiben. Und er erinnerte sich an den Schmerz, den auch er selbst dabei empfunden hatte, an seinen Ekel vor sich selbst und davor, daß er getötet hatte. Einen Feind getötet hatte, ja – aber immerhin auch ein lebendes, vielleicht fühlendes Wesen. Vielleicht waren auch die Dämmer-Wesen nur gegen sie aufgehetzt. Von Dritten. Vielleicht wurden auch sie nur wie Schachfiguren benutzt, wie damals die Felsenschleicher . . .

Nein, er hörte nicht auf die kalte Stimme des Zaubersteins. Er tötete das Dämmer-Wesen nicht.

Eine Sekunde lang starrte er es an. Noch immer taumelnd, kam es wieder hoch und ruckte den mächtigen Gorilla-Körper herum. Blutrote Auten richteten ihre stechenden Blicke auf Mischa. Mischa erwiderte diesen Blick, senkte dabei den Bogen.

Noch immer starrten sie sich an, während sie jetzt nebeneinander her rannten. Seine Blicke senkten sich tief, tief in das funkelnde Rot hinein. Er war überrascht. Täuschte er sich, oder war da ein seltsames Glitzern in den Augen seines unheimlichen Gegenübers?

Mischa riß sich aus dem Bann los und rannte, was das Zeug hielt. Er drehte sich nicht mehr um. Er jagte durch die Nacht, und der Regen peitschte sein Gesicht. Er rannte, rannte, rannte – und kam sich dabei kein bißchen wie ein Feigling vor.

Oder, wenn schon: gut, dann lieber ein Feigling, als ein Mörder, der ein wehrloses Wesen niederstreckte!

Vor ihm strauchelte El Botzo und legte seine zweite Bauchlandung an diesem Tag hin. Bloß war sie jetzt, verfolgt von den Ungeheuern, lebensgefährlich. Mischa war einen Atemzug darauf bei dem kleinen Kobold, ignorierte den heftigen Käsegestank, packte den Kleinen am Schlawittchen seiner Kutte, riß ihn hoch und mit sich.

In diesen schlimmen Sekundenbruchteilen glaubte er nicht mehr, daß sie Ratzels Hütte noch lebend erreichen würden. Seine Sicht verschwamm. Regen sickerte ihm in die Augen. Thay-Lees schlanke Gestalt war ein verwischter Schatten. Rajd, der momentan führte, war gänzlich mit Regen und Düsternis verschmolzen.

Aber dann schafften sie es doch – in einem verzweifelten Sturmlauf, in einem aberwitzigen Sprint, für den sie eigentlich gar keine Kraft mehr hätten haben dürfen.

Plötzlich wuchsen die Balkenmauern der Hütte vor ihnen auf, plötzlich ragte das weit herabgezogene Hüttendach über sie her und hüllte sie in seinen Schatten. Plötzlich waren Fenster zu sehen, eine Veranda, ganz rechts darauf ein alter Schaukelstuhl, der von Wind und Regen bewegt wurde und leise knarrte.

Rajd hatte offenbar bereits die Eingangstür erreicht, zu der noch einmal drei Stufen hinaufführten, hatte auf sämtliche Regeln guten Benehmens gepfiffen und die Tür in vollem Lauf aufgerammt. Offen stand sie noch immer. Rajd war verschwunden.

Thay-Lee folgte ihm nicht. Sie stoppte neben der Türöffnung, wirbelte herum, einen Pfeil schußbereit auf der Sehne, und wartete auf die Nachzügler Mischa und Botzo.

„Nicht schießen!" brüllte Mischa.

Gleich darauf begriff er ungläubig, daß das auch gar nicht mehr nötig war! Die Wesen des Dämmerlichts waren genauso geheimnisvoll verschwunden, wie sie aufgetaucht waren!

Mischa konnte nicht anders: er mußte an seine Begegnung mit der muskelstarrenden Bestie denken. An ihren Blick. An das seltsame Glitzern in den großen Augen. Dankbarkeit, weil er ihr Leben geschont hatte? Verstehen? So etwas wie Respekt für einen fairen Gegner?

Wahrscheinlich würde er nie eine Antwort darauf finden. Er suchte auch nicht länger danach, war einfach nur dankbar – und hatte im nächsten Moment schon andere Sorgen. Während er die Verandastufen hinaufhastete, zeigte sich der Feind im Dunkeln endlich!

Hinter Thay-Lee wuchs ein bizarrer Schatten empor, dann wurde sie von bleichen Spinnenfingern zurück- und hineingerissen in die muffige Finsternis der Hütte!

★

Die Anführerin der ehrenwerten jugendlichen Diebe wurde total überrumpelt!

Normalerweise waren ihre Sinne so geschärft wie die einer Dschungelkatze! Normalerweise hörte sie selbst das flaumweiche Auftreten eines Kitai-Piepmatzes – aber diesmal hatte sie sogar ihr warnender Instinkt im Stich gelassen. Das verriet Mischa die Gefährlichkeit des Gegners.

Keine Sekunde war seit dem Angriff vergangen. Lee stürzte. Der Bogen und der bereits auf die Sehne gelegte Pfeil entfielen ihren Händen und schlugen auf den Verandaboden.

Der Blätterwisch, der sich auf ihrer Schulter festgeklammert hatte, flatterte mit einem Aufschrei davon.

Mischa registrierte all diese Winzigkeiten mit frostiger Klarheit, die Angst wollte ihn wie ein wütendes Ungeheuer zurückreißen, aber er setzte dennoch in einem Riesensprung über die Treppenstufen hinweg und saugte dabei noch einmal einen besonders großen Happen Regenluft in sich hinein.

Wahnsinn, sowas zu tun, dachte er noch. Aber als er in die Hütte hineinschoß, wie vom Katapult geschnellt, und die Geräusche des verzweifelten Handgemenges hörte, da war der Gedanke schon wieder erloschen. Schatten geisterten umher. Mischa zögerte nicht, seinen Freunden zu Hilfe zu eilen!

Es wurde höchste Zeit.

Nicht bei Thay-Lee. Die war fast schon wieder Herrin der Situation und hebelte gerade mit einem wilden Kampfschrei ihren Gegner über sich hinweg. Das Judotraining, das sie mit Mischa durchzog, machte sich bezahlt!

Aber dafür war Rajd in umso größeren Schwierigkeiten. Mit dem Gesicht nach unten lag er am Boden. Sein Turban war sichtlich eingedellt. Kein Wunder: der Kerl, der sich gerade bei dem stöhnenden Verspielten König aufrichtete, um ebenfalls in den Kampf einzugreifen, hatte einen armdicken Stock benutzt, um zuzuschlagen. Der Turban hatte Rajd vermutlich das Leben gerettet.

„Da kommt noch einer!" gellte ein warnender Schrei.

Mischa hatte genügend Fahrt. Er kümmerte sich nicht um Lees Gegner, auch nicht um die beiden anderen Kerle, die er heranhuschen sah, sondern stürmte weiter und rammte dem verhinderten Meuchelmörder Rajds aus dem Lauf heraus die Schulter gegen die Brust.

Der Kerl grunzte, taumelte zwei Schritte zurück, wobei er mit beiden Händen herumfuchtelte und Halt zu finden hoffte. Den fand er tatsächlich. Allerdings mit dem Rücken. Er krachte gegen die Wand. Ein Regal voller irdener Töpfe zerbarst, der Inhalt spritzte und prasselte zu Boden. Mischa steppte zur Seite. Er sah das helle Schimmern – der Kerl trug ein Kettenhemd. Und den Stock hatte er auch nicht losgelassen.

Aber Mischa war bereit. Hoffentlich sind das nicht die Leibwächter Ratzels. Das wäre übel, dachte er. Wenn sie schließlich doch unsere Gegnerin ist, dann aber Amen! Gegen Zauberei haben wir kein Kraut dabei!

Sein Gegner stieß sich von der Wand ab und kam. Seine Fäuste packten den Stock fester und ließen ihn wie einen Vipernkopf vorstoßen. Mischas Augen hatten sich längst an die größere Düsternis in der Hütte gewöhnt, blitzschnell wie Katzenaugen. Er sah den Stoß voraus, wich nach rechts aus – schlängelte seinen Oberkörper buchstäblich vor der Stockspitze weg.

Wildes Lachen antwortete ihm, und er begriff im nächsten Moment, daß er geblufft worden war. Der Kerl hatte gefintet. Die Stockspitze schnellte plötzlich herum – und dann rammte ein fürchterlicher Schlag gegen Mischas Brust.

Plötzlich sah er Sterne. Die ganze Milchstraße blühte vor ihm auf, helles Gleißen und Wirbeln. Als das vorbei war, kauerte er auf den Knien und rang nach Atem. Er wußte, das was falsch. Er wußte, daß er dadurch dem Gegner Gelegenheit gab, in aller Ruhe anzukommen.

Aber er fühlte sich trotzdem wie leergebrannt, wie zerschlagen, wie –

Ein Schatten fiel über ihn!

Mischa ließ sich zur Seite wegkippen, schlug irgendwo an, hörte wieder etwas zu Boden klirren und spritzen und prasseln – dann kam er wieder hoch. Beileibe nicht so schnell wie sonst immer.

Ein Fausthieb erwischte ihn am Kinn. Mischas Kopf ruckte herum. Die Luft, die aus seinen Lungen entwich, hörte sich wie eine Explosion an.

„Haltet den Dreckskerl fest, damit ich ihn fertigmachen kann!“ brüllte sein Gegner mit überschnappender Stimme.

Los doch! Macht! Ich befehle es euch!“

Mischa fühlte sich von hinten gepackt. Seine Arme wurden zurückgezwungen, ein eisenharter Griff nahm ihn in Gewahrsam.

„Ich hab' ihn, Herr!“

„Gut so! Und jetzt paß auf, was ich mit der kleine Ratte anstelle, Larusius!“

„Ja, Herr, ich –“

Ein blondhaariger Schatten flirrte heran, ein Fausthieb wischte durch die Luft, und Larusius glaubte, von einem auskeilenden Pferd getroffen worden zu sein.

„Ich – ich hab ihn nicht mehr, Herr!“ ächzte er mit anschwellenden Lippen.

Lee richtete Mischa mit einem Ruck auf und zog ihn aus dem Gefahrenbereich.

„Mach' doch mal einer Licht!“ kreischte jemand.

Es polterte. Botzo fluchte, gleich darauf jubelte er. „Wieder einer! Kommt her, ihr Verdammten dieser Welt, ich zeige euch den Weg ins Reich der Träume! Ich, Botzo, der Rächer!“ Sein Schreien verstummte in einem gurgelnden Schmerzlaut. Offenbar hatte ihn einer der Unheimlichen beim Wort genommen.

Thay-Lee wurde von hinten geschnappt, rammte einem der Kerle den Ellenbogen in den Bauch.

Mischa konnte ihr nicht helfen – sein Gegner von vorhin war wieder da. Seine mächtigen Schultern strafften sich. Wieder grunzte der Kerl – diesmal in grausiger Vorfreude.

Aber das war es nicht, was Mischa Angst einjagte.

Dafür sorgte etwas anderes. Die Tatsache nämlich, daß der Bursche keinen Kopf hatte!

★

Beziehungsweise, berichtigte sich Mischa, es sieht zumindest so aus. Im Zurücktänzeln bemerkte er jetzt, daß der Kerl eine Kapuzenmaske trug, ein dunkles Etwas, das seinen

K.H.

ganzen Schädel umhüllte und lediglich zwei schräggestellte Augenschlitze freiließ, hinter denen menschliche Augen bösartig funkelten.

Mischa verlagerte sein Gewicht vom rechten auf den linken Fuß. Und er konzentrierte sich. Er ballte die Fäuste und lockerte sie wieder. Hinter ihm krachte es. Lee hatte einen weiteren Gegner geschafft, wie Mischa aus den Augenwinkeln herausfeststellte. Der Bursche war auf einen Holztisch geknallt, hatte ihn in Kleinholz verwandelt und sich selbst ins Reich der Träume verabschiedet. Schatten huschten über die Wände, schienen immer zahlreicher zu werden. Schreie gellten. Schmerzlaute brachen über starre Lippen.

„. . . das – das sind die Vier, die Listspinn auf der Straße festgesetzt hat . . .", kreischte ein Schnellmerker.

„Der *Erbe*!" jappste ein anderer. „Der *Erbe* ist auch dabei . . . Der Gott des Chaos steh uns bei!"

„. . . sind die verdammtnochmal von der Zauberstraße heruntergekommen . . .? Listspinn, du – du hast uns ein Märchen erzählt . . ."

Mischa hörte nicht mehr hin. Die Kampfgeräusche um ihn her verstummten, verschmolzen zu einem dröhnenden Summen und Schrillen im Hintergrund seines Bewußtseins. Er hatte keine Kraft mehr für einen langen Faustkampf. Er wollte keine weitere Prügel mehr einstecken. Er hatte nur eine einzige Chance . . .

Und da kam sein Gegner!

Der wollte jetzt nicht mehr nur einen harmlosen Catch, der wollte Mischa fertigmachen, nach Strich und Faden. Mischa tänzelte von links nach rechts und wieder nach links. Er bot kein festes Ziel.

Der Maskierte griff mit einem heiseren Schrei an, stürzte vor, schwang seinen Stock. Mischa schaffte es sogar noch, tief durchzuatmen. Er war ganz ruhig und entspannt. Tief in sich verspürte er mit einem Mal eine große Ruhe.

Der Maskierte schlug zu. Für Mischa sah es lächerlich

lahm aus. Er wich aus. Der Stock krachte gegen irgendein Hindernis und zersplitterte. Der Maskierte schrie wieder. Er stürzte vor. Seine Hände steckten in Handschuhen, die aus winzigen Kettengliedern gefertigt waren. Jetzt schossen diese Hände heran, zu Krallen gespreizt. Mischa tauchte darunter weg, es ging ganz leicht. Der Kerl brüllte, stapfte wie ein wildgewordener Stier, fehlte nur noch das Schnauben und Hufescharren. Mischa wirbelte um die eigene Achse. Sein rechter Fuß flog hoch – und der Karate-Tritt, den ihm ein guter Freund zuhause, auf der Erde, beigebracht hatte, traf den Bulligen genau über dem Brustbein.

Das reichte. Trotz Kettenhemd.

Der Kerl schnappte nach Luft, bekam vorerst keine, seine Hände fuhren zittrig hoch, versuchten die Maske vom Gesicht zu zerren, was aber auch nicht mehr klappte. Seine Beine waren plötzlich in Wackelpudding verwandelt. Dementsprechend orgelte er jetzt herum, wie Mischa mit grimmiger Genugtuung feststellte.

„Er hat Willbur erledigt!" zitterte ein Schrei durchs düstere Hütteninnere.

Mischa fuhr herum, einen gereizten Ausdruck auf dem Gesicht. Ein zweiter Maskierter – der, der geschrien hatte – flog heran. Und weiter, als Mischa geschmeidig wegglitt. Hinter ihm klatschte der Bursche gegen die Wand.

Mischa war schon wieder unterwegs.

„Lee. Botzo. Rajd", zischelte er. „Seid ihr in Ordnung?"

„Frag nicht!" heulte Rajd kläglich auf. Er stemmte sich gerade hoch, wie Mischa mit einem schnellen Seitenblick feststellte. Botzo betätigte sich als Sanitäter – er schleifte den Verspielten König aus dem unmittelbaren Gefahrenbereich und mümmelte dabei belehrend· „. . . aber immer der Erste sein müssen . . ."

Mischa beachtete Botzos Spezial-Trost für Rajd nicht. Er konnte nichtmal darüber schmunzeln.

„Da war noch einer. Wo ist er?"

„Hier", ertönte da eine eiskalte Stimme in Mischas Nakken. „Genau hinter dir, Freundchen!"

6. Der magische Zweikampf

Mischa ließ sich einfach fallen.

Über ihm wuchs der Schemen seines neuen Gegners auf, eine hohe Gestalt in wehendem, schwarzem Mantel und schwarzer Kleidung, das Gesicht ebenfalls mit einer Kapuzenmaske unkenntlich gemacht. Bleiche, spinnengleiche Finger flogen vor, spreizten sich noch mehr –

Dann explodierte Helligkeit über Mischa!

Es war, als sei eine kleine Sonne gezündet worden. Grelle Lichtfinger schossen durch die Dunkelheit, verästelten sich, wurden zu einem Ball, der gleich darauf nicht mehr weiß, sondern violett glühte und waberte!

Mischa rollte über den einfachen Bretterboden, stieß gegen die Trümmer des Tisches, gegen eine Unmenge verstreut liegender Gegenstände und federte wieder hoch.

Die bleiche Hand schoß auf ihn zu – direkt aus dem Gluten heraus. Der Arm, an dem die Hand saß, wurde länger und länger – wie auseinandergezogener Kaugummi.

Das geht nicht mit rechten Dingen zu! Mehr konnte Mischa nicht mehr denken.

„Gestatten, daß ich mich vorstelle!" fauchte die böse, kalte Stimme. „Ich bin Listspinn, der Zauberer. Auch wenn du der Erbe der Macht bist, so hast du mit mir kein derart einfaches Spiel wie mit meinen Gefährten!"

Und die Hand an dem unendlich langen Arm packte Mischas Hals!

Die zweite Hand schlängelte sich von hinten herauf – und schloß sich um den Zauberstein, der offen auf Mischas Brust hing.

Für einen Moment war Mischa wie gelähmt. Der Dunkle wollte ihm das Juwel entreißen –

Wollte!

Der Zauberstein loderte auf. Die Facetten des Juwels glühten. Feuerfunken spritzten davon weg.

Listspinn stieß ein irres Kreischen aus, als seine Hand, die den Zauberstein umklammerte, plötzlich in grellen Flammen stand! Wie eine Fackel flammte sie auf, dann auch der viel zu lange Kaugummi-Arm! Listspinn riß seine Hand zurück, taumelte noch immer schreiend weg. Der Feuerball in der Hütte erlosch. Es stank nach Rauch.

Mischa spürte Schwäche, und jetzt zitterte auch die Aufregung und die Angst in ihm hoch. Angst vor der eigenen Courage. Vor Grauen waren seine Augen geweitet.

Der Zauberstein vor seiner Brust pulsierte. Dunkelrot wie Blut war sein Strahlen. Mischa meinte fast, in seinem Kopf ein hämisches Kichern hören zu können. *Mich kannst du nicht einfach pflücken wie eine reife Frucht, Listspinn,* hallte die unheimliche Stimme des Juwels, auch für Mischa deutlich hörbar, durch den Raum. Listspinns Kreischen beruhigte sich nicht. Er stürzte, rappelte sich wieder hoch und fiel abermals. Keuchend begrub er den flammenden Arm unter sich und erstickte das magische Feuer. Stolpernd kam er wieder auf die Füße. Sein unversehrter Arm stach wie eine Lanze in die Höhe, seine Finger breiteten sich aus, zappelten wie die Beine eines Monsters – ein grausiger Anblick.

Aus den Fingerspitzen schlugen Funken. Es knisterte, als würde die Eisschicht eines kleinen Sees Risse bekommen und aufbrechen, immer weiter aufbrechen. Mischa wich zurück, streckte die Hand aus, schob Lee, Botzo und Rajd ebenfalls hinter sich.

„Ich werde dich töten, Mischa von der Erde!“ flüsterte der Zauberer. Dumpf wehte seine Stimme hinter der Kapuzenmaske hervor. Die Augen in den schmalen Schlitzen loderten, verfärbten sich zu einem blendenden Gelb – wie die Augen eines Raubtiers.

Da flatterte etwas durch die Düsternis.

Der Blätterwisch!

„Nicht!" schrie Mischa.

Der Blätterwisch hörte nicht auf ihn. Er schwebte genau vor die monströsen Augen des Zauberers, schien sich mit dem Stoff der Kapuzenmaske zu verkleben. Der Zauberer brüllte vor Zorn. Er zupfte den Blätterwisch weg. Der Winzling schrie vor Schmerzen. Mischa riß den Zauberstein hoch.

„Laß ihn los, Listspinn. Du gehst zu weit! Eine falsche Bewegung von dir, und ich gebe dem Zauberstein den Befehl, dich in ein Häufchen Asche zu verwandeln! Du weißt, daß das möglich ist! Du kennst die Macht des magischen Juwels!"

Der Zauberer spannte sich an. Es sah aus, als hätte er plötzlich einen Stock verschluckt.

Sehr vorsichtig gab er den Blätterwisch frei.

Dann hechtete er zur Seite. Seine andere Hand flog hoch. Die gesamte Schwärze in der Hütte schien plötzlich wie geronnene Milch zu sein, hell und doch nicht richtig hell. Zaubermacht wurde freigesetzt. Listspinn schrie fremdartige Worte. Seine Hände kreisten, beschrieben seltsame Bewegungen und ruckartige Gesten. Etwas Waberndes, Zuckendes breitete sich um ihn her aus.

Gleichzeitig verwandelte sich die trübe Helligkeit in ein gleißendes Aufflammen, violett und orange – und das Flammenspiel loderte um den Körper des dunkelgekleideten Zauberers. Sturm schien mitten in der Hütte loszubrechen, als die Farben auch die stöhnenden Kumpane des Schwarzen ergriff und einhüllte und buchstäblich aufzulösen schien.

„Die verduften!" begriff El Botzo und fluchte lästerlich. „Laßt sie nicht entkommen! Warum, meint ihr, hab' ich sie alle erledigt, quasi im Alleingang? Damit ihr sie dann entkommen laßt! Damit sie dann einfach abhauen können!"

„Wir sehen uns wieder!" gellte die gräßlich verzerrte Stimme des Zauberers. „Und meine Rache wird fürchterlich sein! FÜRCHTERLICH!"

Die Farben glühten greller. Die Körperumrisse der darin gefangenen Maskierten verschwammen – und waren ganz verschwunden. Gleich darauf war auch das Leuchten vorbei. Dunkelheit und Stille schlugen wie gewaltige Meereswogen in die Hütte herein und über den Freunden zusammen.

Es war schlimm.

Mischa zitterte am ganzen Körper. Sein Rückgrat schien wie mit Rauhreif überzogen. Mit Eiszapfen schienen ihm Geister über bloßliegende Nervenenden zu streichen. In seinem Magen brodelten Angst und Unsicherheit. Das war knapp gewesen, höllisch knapp. Die Erschöpfung kroch in ihm hoch, ein gefräßiges Etwas – aber er wußte, daß er sich ihr nicht ergeben durfte. Er mußte wachbleiben, um jeden Preis.

Ringsum lebte die Düsternis. Thay-Lees Goldmähne schimmerte. Irgendwo wurde ein Holzspan entzündet, und eine kleine, rote Flamme nagte sich daran entlang. Botzo wischte sich demonstrativ die Hände an seiner Kutte ab.

„Dreißig von den Kerlen hab' ich bestimmt solo erledigt – mit meiner unvergleichlichen Sizabaki-Kampfmethode. Original Kobold-Power, sag ich euch!"

„Das waren doch nie dreißig Gegner!" warf Thay-Lee ungläubig ein.

„Wenn ich's dir sage! Manche sind zweimal oder noch öfters gekommen, um sich ihre Maulschellen von mir abzuholen. Das gehört auch zu den Geheimnissen der Sizabaki-Kampfmethode. Die Gegner kriegen einfach nicht genug davon, eines zu kriegen, wenn du verstehst." Die Stimme des Kobolds hatte einen listig-verschmitzten Unterton angenommen. „ICH liege schließlich nicht faul auf dem Boden rum und horche, ob darunter auch noch ein paar Gegner hocken." Damit warf er Rajd einen bezeichnenden Blick zu.

Der stand auf wackeligen Beinen und schien seine Umgebung gar nicht zu bemerken.

„Mein Turban", murmelte er versunken, hielt das Riesending in seinen Händen und drehte und befühlte es traurig. „Meinen armen Turban so zuzurichten. Das war eine Maßanfertigung. Diese Kunstbanausen. Vor nichts haben die Achtung."

Botzo verzog das bärtige Gesichtchen zu einer schrecklichen Grimasse, was wohl andeuten sollte, daß Rajd jetzt vollends übergeschnappt war.

„Außerdem ist mir so komisch zumute . . . als ob . . . als ob . . ." Rajd bohrte in der Nase, lächelte entrückt und wurde dann wieder ernst. „Als ob irgend etwas mit mir geschehen würde. Aber davon hat mein armer Turban ja auch nichts, nicht wahr?"

„Du bist wie immer hart am Kern der Sache, Rajd", bescheinigte ihm El Botzo mit einem entsagungsvollen Blick zur Decke hinauf.

Mischa erreichte die Tür und stieß sie zu. Mit einem Ruck schob er den Sicherungsriegel vor. Das Regenrauschen verstummte wie abgeschnitten, und Mischa fühlte sich erleichtert. Der brennende Holzspan verstrahlte zuckende Helligkeit.

„Mischa."

Auf Thay-Lees leisen Ruf hin drehte er sich um. In der ungewissen Helligkeit sah er die alte Frau jetzt auch.

Es war Ratzel, die Hexe!

7. Die Verbrechen der Drachenjäger

Wie ein leibhaftiges Gespenst saß sie auf einem schmalen Stuhl mit hoher, kunstvoll geschnitzter Lehne im Hintergrund des Raumes, dicht bei dem offenen Kamin.

Sie hielt sich steif aufrecht, wie ein menschengroßer Uhu. Damit konnte sie ihre untersetzte Statur, ihre Zierlichkeit, allerdings auch nicht tarnen. Ihre Schultern waren gebeugt und vorgesunken und dennoch seltsam wuchtig unter den weit gebauschten Ärmeln des schwarzen Kleides, das sie trug. Eine Art Witwen- oder Trauerschleier war über ihr silberhelles, dünnes Kopfhaar gezogen und überschattete die Stirn. Winzige dunkle Pünktchen zeichneten wie Nadelstiche ihr Gesicht: Muttermale.

„Kommt her zu mir", krächzte die alte Frau.

Die Freunde gehorchten zögernd.

Mischa ließ Ratzel nicht aus den Augen, auch wenn er sie nicht offensichtlich neugierig anstarrte.

Eines ihrer Augen – das linke – war größer, ein vorgewölbter Ball, in dem Nebel zu wallen schien. Das andere war klein und schmal und unter buschigen, weißen Brauen und faltiger Haut fast versteckt.

Sie blickte ihn an, und er erwiderte ihren Blick so furchtlos wie möglich. Er nahm sich vor, erst dann zu sprechen, wenn sie das Wort an ihn richtete. Gleichzeitig war er bereit, buchstäblich aus dem Stand heraus wegzuhechten, falls sie nicht reden, sondern kämpfen wollte. Nach wie vor kam ihm ihre steife Haltung seltsam unnatürlich vor. Jetzt würde sich zeigen, ob das vorhin ihre Leute gewesen waren.

Sekunden wurden zu Minuten, und noch immer sprach niemand.

Mischa begann zu schwitzen. Eigenartige Begrüßung, dachte er. Heiliger Tarzan, wenn das so weitergeht! Aber vielleicht war das bei Hexen ja so üblich. Vielleicht wollte sie

sie verunsichern, feststellen, wer die stärkeren Nerven hatte.

Der Blätterwisch hatte sie offenbar nicht. Er flatterte als zappeliger Schemen in die Randbereiche der Helligkeit. Mischa erschrak nicht. Er erschrak auch dann nicht, als er zur Seite schielte und bemerkte, daß der brennende Span von keiner menschlichen Hand gehalten wurde. *Er schwebte mitten in der Luft!*

„Herrin –", begann der Blätterwisch.

„Still, mein Freund", wies ihn Ratzel mit kühler Stimme an. Dabei hatten sich ihre runzligen Lippen kaum bewegt.

„Ich glaube, sie mag uns nicht sonderlich", flüsterte Rajd irgendwo seitlich hinter Mischa. „Kommt, verschwinden wir besser . . ."

Mischa schüttelte sacht den Kopf, ohne seinen Blick abzuwenden. Sein Atem beruhigte sich, das Hämmern seines Herzens wurde zu einem ruhigen Pochen.

Ratzels Augen verschmälerten sich. Zuerst das normale, das rechte. Dann das kugelrunde, vorgewölbte. Ein Funke tanzte darin. Mischas Blick wurde von diesem einen Auge wie magisch angezogen, und er konzentrierte sich darauf. Grün war es. Und alt. Uralt. Genauso, wie Ratzel uralt war. Aber das bemerkte man erst, wenn man ihr lange genug in dieses kugelrunge Auge sah. Ihr Gesicht selbst war irgendwie . . . zeitlos. Schon alt, von Furchen und Runzeln gezeichnet, aber gleichsam auch wieder jugendlich.

Auf der Hakennase – dem Erkennungsmerkmal aller Hexen – prangte eine große Warze, aus der ein dichtes, struppiges Haarbüschel sproß.

Mischa war nur kurz abgelenkt gewesen, jetzt sah er wieder in das große, runde Auge.

Ratzels Hände bewegten sich leicht: schlanke und doch knorrige Hände. Hände, die daran gewöhnt waren, Holz zu spalten, Feuer zu machen, und nicht nur der hohen Kunst der Zauberei geweiht waren.

Als sich die Hexe schließlich kaum merklich verbeugte in ihrem Stuhl, raschelten die schwarzen Kleider. Ein schwaches Lächeln umspielte jetzt die runzligen, ein wenig zitternden Lippen.

Mischas Augen brannten. Aber er hielt dem Hexenblick noch immer stand, ohne mit den Wimpern zu zucken. Es war eine Art Prüfung. Derjenige, der die Augen zuerst niederschlug oder schloß, hatte verloren.

Mischa wollte nicht den Kürzeren ziehen.

Er merkte, daß seine Freunde fast lautlos Richtung Tür zurückwichen. Er nahm das Chaos ringsum, auf dem Boden, rein instinktiv wahr. Trümmer, wohin man sah.

Er bewegte sich nicht. Er starrte nur auf die schwarz gekleidete Frau, die auf dem hochlehningen Stuhl saß, als handle es sich dabei um einen Thron. Dieser Anblick war im Grunde umso lächerlicher, als sich ringsum beileibe keine herrschaftliche Umgebung befand.

Kein Gegenstand in der Hütte schien das Handgemenge heil überstanden zu haben, und das wies eigentlich darauf hin, daß die Männer NICHT ihre Freunde waren.

Ratzel schien seine Gedanken zu kennen, denn jetzt lächelte sie breiter.

Und dann sprach sie leise, in einem angenehmen Sprechgesang:

„Eins, zwei, drei –
ihr dienstbaren Geister eilt herbei!
Vier, fünf, sechs –
schafft Ordnung im Haus der Ratzel-Hex!
Sieben, acht, neun –
macht, daß sich ihre Gäste dieser Ordnung freun!
Zehn, elf, zwölf –
und achtet ihr draußen auf die zweibeinigen Wölf!"

So sehr es sich Mischa jetzt auch gewünscht hätte – er konnte sich nicht bewegen, er stand wie eingefroren und war sich überdeutlich seiner schäbigen, zerrissenen und verdreckten Kleider bewußt.

Ringsum erwachte geisterhaftes Leben, und sein Herz hämmerte schneller. Die Angst puffte jetzt wieder hoch – aber sie bewirkte nichts. Hilflos stand er vor dem Stuhl der Hexe – hilflos war er ihr ausgeliefert.

Die Luft prickelte und knisterte wie elektrisch geladen. Eisigkalte Finger kribbelten über Mischas Rücken.

Der zersplitterte Tisch auf dem Boden bewegte sich. Zuerst die Tischbeine. Sie taumelten hoch, richteten sich wie an unsichtbaren Schnüren zappelnd auf, tanzten hin und her – und stellten sich in Position. Gleichzeitig kam Wind auf, fächelte die Splitter zu einem Häufchen zusammen und formte sie in wirbelndem Spiel zu einem neuen Ganzen. Kochlöffel, Schöpfkelle und Rührbesen erhoben sich, sausten durch die Luft und hängten sich von selbst wieder auf ihre angestammten Plätze am Herd, über der Kochstelle. Der umgestürzte Kessel vibrierte, dann sprang auch er hoch – und zack! – hängte er sich über die Feuerstelle. Hunderte und Aberhunderte Trümmerstücke regneten vom Boden hoch, sausten in einem huschenden Wirbelsturm durcheinander – waren plötzlich wieder unversehrte Gegenstände: Töpfe, Krüge, Teller, Tassen, Unterteller. Wie ein Mückenschwarm sirrten sie umher. Die Tischbeine waren mittlerweile zur Ruhe gekommen und standen stramm wie Zinnsoldaten. Tischplatte, Querverstrebungen und Kanthölzer segelten herbei, setzten sich darauf. Unsichtbare Hände zimmerten, hämmerten, schraubten und nagelten. Der Tisch war wieder wie neu. Die Luft prickelte stärker. Mischas Haare standen buchstäblich zu Berg unter der magischen Atmosphäre im Raum. Blaue Elmsfeuerchen tanzten über den Tisch. Eine Vase erschien darauf, wie hingezaubert. Blumen steckten darin, wunderschöne Sommerblumen mit weit geöffneten Blütenkelchen, denen ein herrlicher Duft entströmte. Blütenstaub wirbelte in einem übermütigen Reigen durch die Luft, glitzerte und schimmerte. Zwei, drei weitere Holzspäne flammten auf. Es wurde heller in der Hütte – und heimeliger. Staubteilchen wogten und kamen Mischa wie versilbert vor. Unter der hohen Decke der Hütte schaukelten Spinnennetze. Große Spinnen hangelten sich emsig in die Höhe. Immer schneller wurde von emsigen Geisterhänden Ordnung geschaffen. Regalhalterungen schraubten sich selbst in die Hüttenwand. Regalbretter flogen hin und legten sich darauf. Bücher wirbelten rauschend vom Boden hoch, flatterten auf ihre angestammten Plätze und formierten sich in Reih und Glied. Töpfe und Krüge, die zerborsten waren und ihren Inhalt in weiten Haufen, Pfützen, Flecken über den Hüttenboden ergossen hatten, waren wieder ganz, füllten sich mit den Kostbarkeiten, flogen hoch, stellten sich auf ihre Regalbretter. Unter der Decke spannten sich Stricke, gleich darauf raschelte es. Getrocknete Kräuterbüschel, die vorhin von brutalen Händen herabgefetzt und auf dem Boden zertreten worden waren, huschten darauf, hängten sich wie fröhliche Fledermäuse von Neuem an die Trockenleinen und raschelten und wisperten miteinander. Im Kamin entstand ebenfalls Bewegung. Die Asche schien von einem Windhauch emporgeblasen zu werden; schillernd und wirbelnd verschwand sie im hohen, gemauerten Kamin. Daneben ordnete sich der Stapel mächtiger Buchenscheite zu neuer Ordnung, Scheit lag gewissenhaft auf Scheit. Und dann wackelten fünf, sechs, sieben dieser Scheite in Reih und Glied zur Feuerstelle, hüpften hinein und bauten sich auf, gehorsam und protzend wie eine Elefantenparade. Mischa glaubte jetzt, eine klingende, klimpernde Melodie hören zu können, leise und sanft, gleichzeitig aber feurig und beschwingt.

Die Buchenscheite – und jeder Gegenstand im Raum – tanzten dazu.

Sie schwangen hin und her, erinnerten geradezu an übermütig wackelnde Tanzbeine – und standen still – und richteten sich auf – und fingen im nächsten Moment Feuer. Kleine, helle Flammen eilten knisternd und prasselnd über die borkige Haut, verfärbten sie dunkel, wurden stärker, flammten in heißem Rot auf. Die wärmende Helligkeit überschüttete den Raum, verjagte Schattenfetzen, und streichelte alle, die sich in der Nähe der Hexe Ratzel aufhielten. Rajd seufzte wohlig auf. Die Blätterwisch wirbelte zum Kaminsims und ließ sich darauf nieder. Mischa hätte in diesem Augenblick vor Freude heulen können, wie ein Schloßhund. Alle Anspannung, alle Angst fielen von ihm ab, zerschmolzen, waren verschwunden. Die Hexe war ihnen nicht feindlich gesonnen. Es war vorbei – vorerst. Sie waren in Sicherheit.

Er konnte sich wieder bewegen – aber er tat es nicht. Er hatte Angst, den Zauber dieses unmeßbaren Augenblicks zu stören.

Gleich drei Besen wirbelten um ihn und seine Freunde herum und kehrten die letzten Überreste des Kampfes beiseite. Der Staub verwandelte sich in Tau, befeuchtete die heiße Luft und machte sie angenehm zu atmen. Zwei, drei weitere Stühle rückten an den Tisch heran. Der Tisch hüpfte und wackelte wie ein Hund, der ungeduldig aufs Gassigehen wartete.

„Jetzt, meine Freunde", sagte die Hexe Ratzel in die plötzlich eingekehrte Stille hinein, „kann ich euch Willkommen heißen in meinem Heim. Fühlt euch zuhause. Setzt euch an meinen Tisch. Erholt euch. Eßt und trinkt – und dann . . . schlaft."

Mischa setzte sich. Noch immer fühlte er sich eigenartig, wie in Trance. Als wäre er unsagbar weit von diesem Geschehen entfernt. Er sah Teller und Schüsseln und Becher vor sich erscheinen. Er roch den köstlichen Duft von Gebratenem und von frischem Brot. Er trank, in tiefen, durstigen Zügen, und als er den irdenen Becher abstellte, glaubte er in der schillernden Tiefe zu sehen, wie sie von allein wieder mit frischem Quellwasser aufgefüllt wurde.

„Schlaft", klang Ratzels Stimme jetzt von weit, von sehr

K.H.

weit zu ihm heran. „Schlaft und erholt euch von eurer wochenlangen Geisterwanderschaft auf der Zauberstraße . . ."

Wochenlang? hallte es fragend in Mischas Verstand wieder. *Wir waren Wochen darauf unterwegs . . . Wochen?*

„Schlaft und vergeßt, wie nahe ihr einem schrecklichen Leben in ewiger Verdammnis und Pein gewesen seid. Schlaft und erwacht gekräftigt – und bereit, den Kampf gegen eure grausigen Feinde aufzunehmen . . ."

Mischas Lider flatterten. „Dann . . .", preßte er unter unglaublicher Willensanstrengung hervor. „Dann warst nicht du es . . .?"

„Die euch durch den Verbotenen Wald irren ließ? Die euch mit Schwarzer Magie auf der Zauberstraße gebannt hat?" vollendete Ratzel seine Frage. „Oh, nein, Mischa von der Erde. Mehr als alles auf der Welt habe ich eure Ankunft herbeigesehnt, war ich doch selbst eine Gefangene, eine dem Tod Geweihte. Listspinn hat meine Macht gebrochen. Er war es, der die Magie der Zauberstraße so verändet hat, daß ihr darauf gefangen wart . . . Doch jetzt –" Ihre runzligen Lippen schürzten und strafften sich. „Jetzt habe auch ich wieder eine Chance. Durch euer Kommen – und Eingreifen, auf das ich schon nicht mehr zu hoffen wagte. Schlaft jetzt. Später werde ich euch alles erklären . . ."

„Aber wenn inzwischen Wochen vergangen sind, dann – dann haben wir keine Zeit zu verlieren!" wandte Mischa hastig ein, doch er spürte die ersten zaghaften Berührungen des Schlafes bereits in seinem Verstand. „Die maskierten Kerle . . .", murmelte er. „Sie haben einen Riesenvorsprung. Und der Zaubertrank für Zaleikar . . . Wir sind wegen des Zaubertranks zu dir gekommen. Die Meister der Lüge . . . Muß ihnen zuvorkommen . . ." In Mischas Kopf drehte sich alles, und er ärgerte sich vage darüber, daß er keinen vernünftigen Satz mehr herausbringen konnte.

„Die Zeit ist nicht unüberwindbar für mich", erwiderte die Hexe Ratzel vielsagend. „Jetzt nicht mehr", ergänzte sie.

„Nachdem *sie* mich nicht mehr in ihrer Gewalt haben. – Also ist es besser, du machst dich ausgeruht daran, das zu tun, was du für richtig hältst. Das Unglück, das Verbrechen, ist bereits geschehen. Man kann es nicht mehr ungeschehen machen. Nicht einmal ich vermag das. Man kann höchstens versuchen, das Allerschlimmste zu verhindern . . ."

DAS ALLERSCHLIMMSTE, hallte es in Mischa nach, immer wieder. Dann kam Schwärze. Er glaubte in einen endlosen, sich drehenden Tunnel zu fallen, immer tiefer hinab, immer tiefer. Doch in diesem Tunnel war es warm, so angenehm warm. Er wehrte sich nicht gegen den Sturz. Dann wußte er nichts mehr.

★

Irgendwann ertappte er sich dabei, daß er wie hypnotisiert auf einen ballähnlichen Gegenstand starrte, der schillernd auf der runzligen Fläche einer knorrigen Frauenhand ruhte. In dem Gegenstand – der Kugel – wallte Nebel, immer schneller, immer hektischer; feine Schlieren tupften gegen die Wandung der Kugel, das Grau verfärbte sich zu schillerndem Grün.

Es war ein Auge!

Ratzels linkes Auge!

Gleich einem Kunstauge hatte sie es aus ihrer Augenhöhle genommen und hielt es ihm jetzt entgegen.

„Sieh her!" vernahm Mischa ihre Stimme. Sie prickelte vor Macht, sie zwang ihn, hinzuschauen.

Mischa starrte in die Augenkugel hinein. Schattenschleier wogten.

Und er träumte.

Träumte er wirklich?

Übergangslos befand er sich nicht mehr in der Hütte der Hexe Ratzel, sondern draußen, in der Stille und der Dunkelheit des Verbotenen Waldes. Er fror nicht mehr, seine Kleider waren trocken und warm. Das Denken fiel Mischa schwer. Ringsum erhellte milchiger Schein die warme Nacht – das sanfte Licht des Mondes, der wie ein übergroßer Zitronenschnitz am Himmel hing. Mischa schritt langsam aus. Das Gelände war eben, eine weite, fast kreisrunde Lichtung. Fast bis an seine Knie herauf reichte das silberfarbene Gras, das sich zu einer unhörbaren Melodie bewegte, sich vornübersenkte, wieder aufrichtete und gleich darauf in die andere Richtung niedersank. Ein leises Raunen war plötzlich zu hören. Elfenkinder, zierlich und schmächtig und bleich und wie mit flüssigem Silber übergossen, huschten in dunkle Moosschatten davon. Ihre zarten Flügel schwirrten. So schnell bewegten sie sich, daß Mischa sie nur als Silberstreif sah.

Je weiter er auf die Lichtung hinauskam, desto mehr Einzelheiten erkannte er. Es war, als würden feine Schleier von seinen Augen weggezogen.

Das, was er bisher für ausgebleichte Nachtschatten gehalten hatte, große, eigenartig fahle Schemen, die im Mondenschein bizarre Schatten warfen, waren eiförmige Gebilde. Keine Steine, nein, auch keine Felszacken, die hier durch den weichen Moosbelag des Bodens stachen –

Mischa hielt den Atem an, obwohl er tief in sich weiterhin seltsam unberührt blieb. Er war nur als Beobachter hierhergeschickt worden. *Hierhergeschickt worden,* wurde in seinem Verstand warnend wiederholt. Er begriff, daß diese beiden Worte eine Erklärung seines Zustandes waren. Er ging weiter, blinzelnd, eigenartig verunsichert wegen der zauberischen Stimmung . . . Zugleich aber auch beeindruckt.

Längst umgaben ihn die eiförmigen Gebilde wie ein kolossaler Wald. Hoch ragten sie über ihm auf, jedes einzelne gut und gerne zwei Meter insgesamt. Helle Flecken in der Düsternis. Schillernd, hier und da matt, wie poliertes Elfenbein. Sie bildeten ein Labyrinth. Er schritt auf einem kaum einen Meter breiten, von menschlichen Füßen getrampelten Pfad dahin. Er blieb nicht stehen, es war unnötig. Die Eier waren überall; in engen Kreisen angeordnet, standen sie aufrecht, eines neben dem anderen.

Die Schalen glitzerten wie mit Zucker übergossen. Das Mondlicht spielte darüber, streichelte und liebkoste sie. Der Wind summte ein besänftigendes Wiegenlied. Das Gras tanzte dazu. Und die Bäume, fern, am Waldesrand, ebenfalls. Er hörte es an ihrem machtvollen Rauschen und Wispern. Welke Blätter wirbelten über den Boden der Lichtung, und Mischa wußte instinktiv, daß dafür der Blätterwisch oder einer seiner Brüder oder Schwestern verantwortlich war.

DRACHENEIER.

Ganz plötzlich war dieses Wissen in seinem Verstand. Das hier waren Dracheneier.

Mischa lächelte. Er ging weiter, streckte die Hände aus, strich über die Eierschalen. Sie fühlten sich warm an. Und weich. Wenn er genauer hinsah, konnte er feine, rote Adern erkennen, die die Schalen wie ein Netzwerk durchzogen. Hinter der dünnen und offenbar doch witterungsbeständigen Wandung zeichneten sich schattenhafte Umrisse ab.

Unheimliche Umrisse – auf den ersten Blick. Große, bizarre Gestalten, groß und schon mächtig, noch bevor sie die Sicherheit des Eies verlassen, dachte er staunend, und so etwas wie stummer Respekt erfüllte ihn. Und dennoch: Sie waren wehrlos, die Drachenjungen. Hilflos.

HILFLOS!

Wie schrecklich dieses eine Wort in ihm zitterte.

Er wurde nervös. Er ahnte, daß etwas Schreckliches bevorstand, und daß er es nicht würde verhindern können. Schneller schritt er aus, und der Nachtwind rauschte auf. Weit entfernt wurden die Baumkronen des Waldes von kräftigen Windfingern geschüttelt. Blätter wirbelten, drehten sich knisternd in der Luft und fielen in allgegenwärtigem Rascheln und Prasseln zu Boden. Helle Farbflecken leuchteten in der versilberten Düsternis.

Der Waldrand war bestimmt über hundert Meter entfernt. Die Bäume dort wirkten wie gigantische Wächter, schlank, hochgewachsen und trutzig. Trotzdem. Irgend etwas signalisierte: GEFAHR!

Hinter Mischa knirschte es durchdringend. Er zuckte herum, war sich seiner eigenen Hilflosigkeit überdeutlich bewußt, denn er trug weder sein Schwert noch den Bogen bei sich. Nicht einmal ein Messer.

Ein Ei splitterte auf, von innen wurde die Schale aufgedrückt. Erste Scherben bröckelten ab, fielen zu Boden. Mischa beobachtete schweigend.

Unvermittelt schwankte er zwischen Bleiben und Davonlaufen.

Das Knirschen erklang jetzt auch neben ihm. Der Wind sang lauter, das Gras raschelte und knisterte erwartungsvoll, und selbst der Mond, hoch droben, am Nachthimmel, glühte heller auf. Wolken rasten übers Firmament, helle Schleier, die den Zauber diese ganz besonderen Nacht noch unterstrichen.

In zwei, drei – dann in immer mehr Eiern rührte sich das schattenhafte Leben! Spitze Schnauzen drückten und rammten von innen dagegen. Massige Nüstern zitterten ungeduldig. Große, ungelenke Läufe zappelten und stemmten und wühlten. Krallen fuhren blitzend aus, hackten in die Schalen, pickten sie auf.

Die Drachen schlüpfen aus!

Mischa drehte sich um die eigene Achse. Das Knirschen wurde lauter, immer lauter, steigerte sich zu einem berstenden, krachenden Aufruhr, und Mischa erinnerte sich daran, ähnliche Geräusche schon einmal gehört zu haben. Damals. An jenem Morgen, der ihm jetzt so weit, weit in der Vergangenheit zu liegen schien. Damals, als er im Verbotenen Wald aufgewacht war, benommen und schwindelig und irgendwie nicht in der Lage, klar und folgerichtig zu denken und zu handeln.

Es waren die gleichen Geräusche, es war der gleiche Aufruhr!

Große Schatten geisterten über die Lichtung mit den Hunderten von Dracheneiern. Mischas Kopf ruckte hoch. Er sah die riesenhaften Körper, bestimmt zwanzig Meter lang, wenn nicht *noch* länger. Er sah die weiten, ledernen Schwingen. Die großen Augen. Die Mäuler, die Zähne. Und die mächtigen Hornschuppen, die die Körper schützten.

In geisterhafter Lautlosigkeit waren sie gekommen – die Drachenmütter!

Sie strichen über die Lichtung, kreisten und beobachteten. Sie waren gekommen, ihre geschlüpften Jungen zu holen. Um sie mitzunehmen auf den ersten Flug nach . . . ja, wohin?

Mischa schnellte herum, rannte in eine hier mündende Querstraße und weiter. Er mußte alles vermeiden, was den Zorn der Drachenmütter erwecken konnte. Tief in ihm verborgen schlummerte das Wissen, daß es für Menschen nicht angeraten war, in dieser Nacht auf dieser Lichtung zu sein und Zeuge des wundersamen Geschehens zu werden.

Er huschte an den Eiern vorbei; Schalensplitter regneten von links und rechts auf ihn herab. Das allgegenwärtige Knirschen wurde lauter. Dann erklang erstes Krächzen und Piepsen und hungriges Schreien, gleich darauf ein heißes, brüllendes Lodern.

Mischa warf sich herum, tauchte ein in den Schlagschatten eines besonders großen Eies und hielt die Luft an. Die Drachenmütter kreisten jetzt direkt über der Lichtung. Ihre gigantischen Flügel waren ausgebreitet in majestätischem Flug. Die langen Drachenschweife wirbelten durch die Luft und bestimmten den Kurs.

Es war ein grandioser und beeindruckender Anblick, der sich niemals mehr aus Mischas Erinnerung lösen würde. Er empfand Freude und zugleich Furcht. Er liebte die Drachen – und gleichzeitig jagte ihm allein ihr Anblick eisige Schauer über den Rücken. Die Anführerin der Drachenmütter riß das gewaltige Maul auf, und dann erklang das fauchende Brodeln erneut. Ein Feuerstrahl zerteilte die Nacht, ein grellrotes Flammenschwert, wabernd und fürchterlich, blühte auf und mischte sich mit dem Silberlicht des Mondes.

Das schien ein Zeichen zu sein.

Weitere Eier splitterten auf. Ganze Teile der hellen Schale wurden förmlich nach außen katapultiert. Kleine Drachenköpfe tauchten in den dunklen Spalten auf, wackelnd und ungeschickt. Riesengroße Augen blinzelten neugierig und treuherzig auf die Welt hinaus, die sie erwartete. Erste Fieplaute wurden ausgestoßen, und schlagartig entwickelte sich ein gigantisches Fiepkonzert daraus, das vom Waldrand widerhallte.

Eierschalen barsten. Ungelenke, jedoch starke Flügel drückten weitere Bruchstücke nach außen oder peitschten in einem ersten Ausprobieren ihrer Kraft scharfe Splitter davon. Das Fiepen steigerte sich zu einem wilden Singen und Jaulen. Der Wind fiel darin ein. Laub wirbelte und wogte – die Blätterwische leisteten Schwerstarbeit. Und hoch droben kreisten die Drachtenmütter und bewachten ihre schlüpfenden Kleinen.

Recht große Kleine, wie Mischa fand.

Er rannte mit zwischen die Schultern gezogenem Kopf weiter, wollte aus dem Labyrinth herauskommen und schaffte es nicht. Ein unerklärlicher Zauber hielt ihn an Ort und Stelle.

Es stand ihm nicht zu, hier zu sein.

Aber da hörte er eine sanfte, fast liebevolle Stimme sagen: *Doch. Wenn es überhaupt jemals menschlichen Wesen zusteht, hier zu sein, dann dir und einen Freunden.*

Mehr als je zuvor spürte er den Zauber des Verbotenen Waldes – die Magie, die hier allüberall wirkte, die Zeit und Raum zu einem lächerlichen Nichts zusammenschmolz und unwichtig machte.

Er staunte nur kurz darüber. Noch immer dauerte seine seltsam entrückte Stimmung an. Du bist Beobachter, erinnerte er sich. Nur Beobachter. Aber gleichzeitig ahnte er bereits, daß er noch MEHR war. Längst stand er im Bann des Geschehens.

DA!

Mischa stoppte, atemlos, verschwitzt. Vor ihm schlüpfte der erste Drache aus, ein gut zwei Meter langes, großes, geschupptes Wesen, das über und über mit einer schillernden Feuchtigkeit überzogen war. Mit einer langen, rosaroten Zunge leckte er sich trocken. Die vier Läufe bewegten sich ungeschickt. Der ‚Kleine' sah Mischa liebevoll an. Immer wieder brach der Drache zusammen, zappelte auf dem Boden herum, mußte seine Läufe entwirren und sich offenbar sehr genau konzentrieren, um einen Fuß vor den anderen setzen zu können. Gleichzeitig schlug er mit den voll ausgebildeten grünen Schwingen und kam einigermaßen elegant wieder hoch.

Er piepste empört, als er wieder zusammensackte – diesmal hatte das linke Bein nicht rechtzeitig für das andere Platz gemacht. Er bremste mit der langen Schnauze. Das paßte nun überhaupt nicht zu seinen Vorstellungen von stolzem Auftreten. Er fauchte.

Nicht bösartig, oder gar angriffslustig – aber es reichte! In Mischas Richtung orgelte ein Feuerstrahl, der es in sich hatte. Mischa warf sich zur Seite, spürte den Gluthauch über seinen Rücken brodeln und biß die Zähne zusammen. Das war knapp! dachte er noch. Mit vorgereckten Armen kam er auf, spannte die Muskeln an, wirbelte über Kopf und Schultern wie ein menschliches Rad herum und war im nächsten Moment in Sicherheit. Vorsichtig lugte Mischa hinter dem aufrecht stehenden Drachenei hervor, das ihm als Deckung diente.

„Krrrk?" machte der Minidrache. Mini war er natürlich nur im Vergleich zu den ausgewachsenen Drachenmüttern, die am Himmel kreisten – wolkengroßen Schemen, die Feuer spien und schrien und ihre Jungen ermunterten, aus der bleichen Umhüllung der Eier herauszukommen und in die sanften Windströmungen über der Lichtung emporzugleiten!

„Krrrk?"

Offenbar war der Kleine genauso verdattert wie Mischa.

Von hoch droben schrien die Drachenmütter.

Der Junior hielt nichts davon. Er hatte Mischa zu seiner ‚Mutter' auserkoren und wankte und schaukelte jetzt auf unsicheren Füßen, aber trotzdem entschlossen, auf ihn zu.

Sein Maul klappte schon wieder auf. Die großen Drachennüstern blähten sich.

„Nicht!" schrie Mischa und hob abwehrend beide Hände. „Nicht wieder Feuer spucken!"

Seine Stimme klang fremdartig. Genauso krächzend und guttural wie vorhin das „Krrrk!" des Drachen. Mischa begriff erst viel später, daß er automatisch Drachensprache gesprochen hatte. Er konnte das. Überhaupt – er konnte alle Sprachen Camelons sprechen, sowohl die der verschiedenen menschlichen wie der nichtmenschlichen Völker, diejenigen der Tiere genauso wie die der Pflanzen. Er wußte noch immer nicht, wieso. Er hatte es nie gelernt. Er konnte es einfach.

Der kleine Drache mußte ihn verstanden haben, obwohl er selbst noch nicht richtig Drachensprache reden konnte. Er blieb hartnäckig bei seinem „Krrrk!", und das sagte Mischa nun trotz all seiner Sprachbegabung überhaupt nichts.

„Ich bin nicht deine Mutter", beteuerte Mischa schweißnaß.

„Du mußt fliegen . . . fliegen . . . Schau nach oben. Da ist deine Mutter. Irgend einer von diesen Superschatten . . ."

Der Kleine lugte kurz nach oben, wackelte skeptisch mit dem viel zu großen Kopf – und stapfte weiter.

Mischa rappelte sich hoch. Gleichzeitig brach die Eierschale auf, gegen die er sich bisher gestützt hatte.

Ein weiterer Drachenkopf erschien. Grün geschuppt, massig und doch wunderschön geformt, mit großen Augen. Der lange Hals tauchte ebenfalls auf, dann drängelten und quetschten die Flügel ungeduldig. Es half nichts. Die Schale hielt. Also hartnäckiger. Der Drache schaukelte sich hin und her.

Und Mischa bekam jetzt auch von *ihm* das halb liebevolle, halb hoffnungsvoll erwartende „Krrrk!" zu hören.

Langsam begriff er, was es hieß.

„*Mami*!"

„Oh, nein!" stöhnte er auf.

Das Ei begann zu wackeln, wankte bedrohlich und – kippte. Mischa spurtete weiter. Hinter ihm krachte das Ei zu Boden, zersprang und gab dem nächsten Minidrachen die Freiheit. Der wälzte sich heraus, flatterte mit den Flügeln und stand auf. Zusammen mit seinem Artgenossen stapfte er hinter Mischa her.

„Krrrk!" tönte er. „Krrrk!"

Und der andere fiel ein: „Krrrk! Krrrk!"

Das überraschte wiederum den anderen. Beide blieben sie wie auf Kommando stehen. Mischa auch. Er beobachtete. Der eine Minidrache flatterte großspurig mit seinen Schwingen – und hob zu seiner eigenen Überraschung ab. Einen, zwei Meter hoch trug ihn der erste Versuch – dann folgte die Bruchlandung. Der Kleine war zu verdutzt gewesen, um weiterzuflattern.

Jetzt rächte sich das.

Er landete unsanft wieder am Boden. Und zwar mit dem Körperteil, das bei Drachen wie ein langer Bisamrattenschwanz aussah, aber dem menschlichen Hinterteil entsprach.

Wieder spuckte der Kleine empört Feuer!

Der Gluthauch traf vier, fünf andere Eier, verkohlte sie

und sprengte sie auf. Eine ganze Flut von freudig jauchzenden und piepsenden und zappelnden Drachenjungen quoll aus den Trümmern. Weitere folgten jetzt überall. Mischa rannte jetzt nicht mehr. Staunend, mit Freudentränen in den Augen, voller Begeisterung und Zuneigung zu ‚seinen' Kleinen, ging er weiter, streichelte hier einen schuppigen Kopf, half da beim Entwirren von ineinanderverknoteten Beinen. Voraus sah er die ersten Drachenjungen ungeschickt mit den Flügeln schlagen und herumhüpfen. Von oben hörte er die Drachenmütter lockend rufen. Es war für ihn wie ein Rausch. Begeistert nahm er alles in sich auf.

Das Schreien steigerte sich. Der erste junge Drache flog in den sternenhellen Himmel. Für einen Moment zeichnete sich sein zierlicher Körper als herrlicher Schatten vor dem Silberschnitz des Mondes ab, dann huschte er weiter, wurde schneller und immer schneller, und kräftiger schlugen auch seine Schwingen.

Andere taten es ihm gleich.

Rauschen brandete auf, wie von einer großartigen Meeresbrandung, als sich die Drachenflügel ausbreiteten, Luft einfingen und darauf ritten.

Die bisher so ordentliche Ansammlung der aufrecht gestellten Dracheneier war jetzt nur noch ein einziges Trümmerfeld. Unter Mischas Schritten knirschten die Eierschalen, und es kam ihm so vor, als habe klirrender Frost das Gras zu eisigen Strähnen verwandelt, die jetzt unter derben Hieben zersprangen.

Der Aufruhr der flatternden und schreienden Drachenjungen explodierte zu einem gigantischen Unwetter. Die Lockrufe der Drachenmütter am Himmel fielen ein, und ihre Stimmen waren wie mächtiges Donnerpoltern. Mischa rannte jetzt wieder, denn er wollte nicht von einem der übereifrigen Drachenjungen über den Haufen gewalzt werden. Weit voraus glaubte er, jenseits der Ei-Trümmer den Waldrand erkennen zu können, eine dunkle Mauer. Dorthin führte eine Art Pfad, eine Schneise zwischen zertrümmerten Dracheneiern; wie bizarre Ruinen standen sie entlang des Weges.

Flattern erfüllte die Lichtung. Die bereits ‚gestarteten' Jungen führten sich wie ein Krähenschwarm auf. Diejenigen Drachen, die noch am Boden waren, fühlten sich angespornt. Zappelige, nervöse, unsichere Jungdrachenfüße nahmen Anlauf, holperten und watschelten über zerbrochene Eierschalen, wurden schneller und sicherer mit jedem Schritt – und schnellten ihre Körper hoch. Jauchzen begleitete dieses erste Abheben, und Mischa freute sich mit den Kleinen. Er konnte sie verstehen. Hatte sich nicht jeder Mensch irgendwann in seinem Leben schon einmal gewünscht, fliegen zu können? Aus eigener Kraft die Fesseln der Erde abstreifen und wie ein wunderbarer Vogel in die warmen, sanften Luftschichten hoch über der Welt hinaufstoßen zu können? Dort oben dahinzugleiten wie in einem warmen Ozean . . .?

Einer nach dem anderen starteten die Jungen jetzt. Mit einem schnellen Rundblick stellte Mischa fest, daß nur noch eine Handvoll Eier aufrecht und ungeöffnet dastand.

Die Nachzügler, dachte er schmunzelnd. Aber es besteht ja kein Grund zur Eile . . .

Keiner außer dem Drängen des Instinkts, und dem brodelnden und unbändigen Wunsch, endlich zu den Drachenmüttern zu kommen, deren Rufen jetzt immer lauter, immer wilder und nachdrücklicher wurde!

Mischa drehte sich um die eigene Achse und spähte hoch zu ihnen, den Kopf in den Nacken gelegt. Sie ballten sich zusammen. Sie sanken tiefer, rauschten auf ausgebreiteten Schwingen über den Aufruhr der jungen Drachen hinweg. Eierschalen wurden hochgewirbelt vom fauchenden Wind ihrer peitschenden Flügel.

Das Verhalten der Drachenmütter hatte sich verändert. Da stimmte was nicht!

Jetzt drückten die Schreie Sorge aus –
Sorge und panische Warnung!

★

Die maskierten Reiter brachen wie Phantome aus den Schatten des Waldes hervor und brandeten auf die Lichtung heraus! Ihre Reittiere schnaubten, bäumten sich auf und galoppierten unter grausamen Sporenhieben wiehernd voran. Staub wölkte aus dem Silbergras hoch. Blätter spritzten beiseite. Der Boden zitterte unter den Hufen der heranrasenden Meute.

Maskierte!

Mischas Herz krampfte sich unter einem stechenden Schrecken zusammen. Ihm wurde ganz übel. Gleichzeitig kam das Begreifen.

Die Maskierten hatten es auf die Drachenjungen abgesehen! Der Himmel mochte wissen, warum!

Mischa startete durch, kehrte um, rannte mit angewinkelten Armen. Er schrie, zuerst zusammenhangloses Zeug, dann lautstarke Befehle in Drachensprache.

„Flieht! Beeilt euch! Schnell!“

Sie verstehen nicht! Das Begreifen schnitt wie ein glühendes Messer durch seinen Verstand.

Die Drachen, die noch nicht gestartet waren, tappten verwirrt umher, zappelten nur mit den Flügeln und spähten den Reitern neugierig entgegen! NEUGIERIG!

„Nicht! Sie sind eure Feinde!“ brüllte Mischa. „Fliegt! Fliegt davon!“

Die ersten begriffen, nahmen Anlauf, fauchten und stießen Feuerwolken aus – und segelten davon. Mischas furchtbare innerliche Anspannung ließ ein wenig nach. Erschöpfung legte sich wie zäher Nebel über sein Gehirn, verschleierte seine Sicht.

Die Maskenreiter waren heran!

Mischa sah Stahl in der Finsternis blitzen – gezogene

Schwerter, das Metall der Kettenhemden, Speerspitzen. Weite, schwarze Umhänge flatterten. Die Pferde der Unheimlichen preschten heran, Schaum flockte von ihren Gebißtrensen.

Mischa scheuchte gerade einen besonderen trägen, dicken Drachen vor sich her, der ihn unweigerlich an seinen Freund Rajd erinnerte.

„Hoch mit dir, Dicker!“ rief er. „Das sind keine Freunde, auch keine *Krrrks!* Die wollen dich töten – oder noch schlimmeres mit dir anstellen!“

Der Drache prustete und spotzte. Allerdings nicht, weil er beeindruckt war. Die Luft wurde ihm knapp. Schon hörte das Flügelschlagen in einem entmutigten letzten Flappen wieder auf. Mischa biß sich auf die Lippen, dann trat er zu und versetzte dem schuppigen Jungdrachen einen empfindlichen Tritt ins wahrhaft verlängerte Drachenhinterteil. Das half! Der Kleine hüpfte davon, käckerte zornig, in seiner Ehre zutiefst gekränkt, breitete die Flügel aus und – flog!

Andere folgten seinem Beispiel. Aufgeregtes Kreischen und Schreien mischte sich mit dem trommelnden Hufschlag und dröhnte in Mischas Ohren.

Die Reiter kesselten die Drachenjungen ein!

Fünf, sechs waren noch auf dem Boden!

Zwei Dracheneier waren noch unversehrt!

Die Drachenmütter schrien fürchterlich, als sie aus angstgeweiteten Augen mitansehen mußten, was unter ihnen geschah.

„Tötet diejenigen, die noch am Boden sind!“ kreischte eine Männerstimme, die Mischa sein Leben lang nicht mehr vergessen würde. „Erlegt so viele, wie ihr noch erwischen könnt!“ Es war eine haßerfüllte Stimme, rauh und überschnappend vor Mordlust.

Der Anführer der maskierten Reiter zerrte sein Pferd brutal herum. Das versilberte Zaumzeug knarrte, die daran befestigten Glöckchen bimmelten – wie Totenglocken.

Mischa warf einen gehetzten Blick über die Schulter zurück. Noch schienen die Maskenreiter zumindest auf ihn nicht aufmerksam geworden zu sein. Gut!

Er rannte weiter, ein Schemen in den Schatten der Finsternis, im trüben Licht des Mondes, der sein Antlitz jetzt hinter Wolkenfahnen verbarg.

Mischa hielt auf den nächsten Jungdrachen zu, der nicht hochkam. Der Kleine war weder dick, noch träge, sondern hatte ein verkrüppeltes Bein. Er konnte nicht die zum Abheben notwendige Laufgeschwindigkeit vorlegen.

Mischa rang nach Luft. Das Mitleid für den Minidrachen ließ ihm die Tränen in die Augen schießen.

Er war mit drei Schritten bei dem Kleinen, aber die Maskenreiter holten auf. Das verkrüppelte Tier war am nächsten, also hatten sie es mit erbarmungsloser Logik zu ihrem ersten Opfer auserwählt.

Mit gezogenen Schwertern brausten sie heran – eine teuflische, schreiende, kreischende Meute.

Nie hätte Mischa geglaubt, daß Menschen so sein konnten! Nie!

„Lauf, Kleiner!" schrie er in Drachensprache und wußte, daß ihn das arme Kerlchen verstand. Es humpelte verzweifelt schneller. Mitleiderregend wackelte der große Drachenkopf von einer Seite auf die andere. Die Flügel schlugen matt.

„Gib nicht auf!" feuerte ihn Mischa an. „Du mußt fliegen! DU WILLST FLIEGEN! Fliegen! Denk daran, wie es sein wird . . . Denk an deine Mutter, an deine Brüder – die da oben auf dich warten . . . Flieg!"

Mischa spürte, wie ihm die Tränen der Verzweiflung in die Augen schossen, einem Sturzbach gleich. Er war geblendet, wischte die Augen aus und schrie noch lauter: „Flieg! Bitte!"

Der Drache watschelte schneller. Er mußte Schmerzen haben. Sein linker Vorderlauf wirkte wie ein aufgedunsener

Gummireifen – er konnte ihn nicht belasten, mehr noch: der Lauf *behinderte* ihn.

Mischa konnte nicht länger hinsehen. ABLENKUNGS-MANÖVER! jagte es durch seinen Verstand. Ich muß die Mordkerle ablenken! Irgendwie! Er warf sich herum, sah den vordersten Maskenreiter knapp fünf Meter vor sich und stürmte ihm entgegen – mit bloßen Händen.

Mischa spürte, wie er innerlich vereiste. Ganz kalt wurde er. Er hatte eine mörderische Angst, sie hockte ihm wie ein pelziges Ungeheuer im Nacken, riß und zerrte an ihm. Aber er kämpfte dagegen an. Sie dürfen den Minidrachen nicht kriegen, diese Teufel! Diese verdammten Tierjäger! Das gab ihm Kraft. Und Mut. Er war kein Supermann, oh nein – aber er konnte es auf den Tod nicht ausstehen, wenn andere, schwächere, gequält wurden. Da konnte er über seinen Schatten springen, da machte ihm nicht mal die schlimmste Angst mehr etwas aus.

Der schwarze Rapphengst war heran. Mischa schnellte zur Seite, griff noch im Sprung nach den Zügeln und riß das Tier herum. Der Maskenreiter schrie zornig, reagierte aber ansonsten zu spät. Er flog in hohem Bogen aus dem Sattel, überschlug sich und krachte zu Boden. Die anderen Reiter – mindestens zehn – zügelten schreiend ihre Pferde aus dem rasenden Lauf ab, um ihren Anführer nicht in Grund und Boden zu stampfen.

Mischa schwang sich in den Sattel des herrlichen Hengstes; das Tier bäumte sich schrill wiehernd auf. Aber als ihm Mischa beruhigend zuflüsterte und seine Mähne tätschelte, jagte es los.

„Komm, wir dürfen nicht zulassen, daß diese Mistkerle den Drachen ein Leid zufügen!" raunte er in die gespitzten Pferdeohren.

Das Tier nickte mit einem wilden Auf- und Abrucken, daß die Mähne flatterte.

Schneller wurde der Hengst.

Mischa jagte vor den Maskenreitern her, stellte mit einem zufriedenen Rundblick fest, daß die Unheimlichen weit zurückfielen und – daß nur noch der eine, verkrüppelte Drache am Boden war.

Mischa jagte auf ihn zu.

Der Kleine watschelte, knickte ein, flatterte hoch, hüpfte, schlug wieder zu Boden – und kam in einer ungeheuerlichen Anstrengung hoch.

Seine Flügel breiteten sich aus!

„Weiter! Du schaffst es, Kleiner! Hoch mit dir!"

Und der Drache strengte sich an. Die Flügel arbeiteten wie eine komplizierte Maschinerie. Ein feuriger Atemhauch löste sich von den Lippen des jungen Drachen. Er bemerkte, daß er, einmal in der Luft, sehr wohl von der Stelle kam – dazu noch ohne Schmerzen! Seine Flügel arbeiteten regelmäßiger. Ein Meter hoch war er, zwei Meter – drei, vier, fünf Meter! Der Drache flirrte hoch, schnellte sich in den Nachthimmel voran!

Mischas Pferd bäumte sich wieder auf, tänzelte herum.

Schreie gellten.

„Die Dracheneier . . . knöpft euch die Dracheneier vor!"

Diesmal würde er zu spät kommen, das stand fest. In Mischas Hals entstand ein würgender Knoten. Sein Herz raste. Er trieb den Hengst mit sanften Worten an, nicht mit grausamen Sporen- oder Flankenhieben. Das Tier gehorchte auch so aufs Wort – wenn nicht sogar noch besser.

Wie ein schimmernder schwarzer Teppich spulte sich der Boden unter den wirbelnden Pferdehufen ab.

Trotzdem – es war sinnlos!

Der zweite Haufen der Drachenjäger hatte sich strikt an die Anweisungen des Anführers gehalten und war – ohne auf die andere Truppe Rücksicht zu nehmen – auf die beiden unversehrten Dracheneier zugeprescht.

Das erste erreichten sie in diesem Moment!

Schwerter blitzten. Speerspitzen schienen im kalten Licht

des Mondes aufzuglühen. Stahl hämmerte in das Ei hinein. Die Schale splitterte, und Mischa hörte einen gräßlichen, zittrigen Todesschrei, ein fürchterliches Röcheln.

Sein Herz zog sich zusammen.

„Nein!“ schrie er. NEIN! NEIN! NEIN!

Warum greifen die Drachenmütter nicht ein? Warum kommen sie den Jungen nicht zu Hilfe? Warum nicht?

Ein Zauber, beantwortete er sich die rhetorischen Fragen im nächsten Moment selbst. Sie werden von einem Zauber daran gehindert, anders ist das nicht zu erklären. Die Tiere gebärdeten sich über der Lichtung wie rasend. Sie stießen herunter, schrien, spuckten Feuer- und Rauchschwaden herab – und konnten doch nichts ausrichten. Weiter als bis auf zwanzig Meter konnten sie nicht auf die Lichtung herunterstoßen!

So sehr sie es auch wollen, Mischa, sie können es nicht! Er hörte diese Stimme in seinen Gedanken wispern, dachte kurz, es sei die des Zaubersteins – aber das stimmte nicht. Es war eine weibliche Stimme. Eine beruhigende Stimme, obwohl auch in ihren Tiefen das unaussprechliche Grauen und die Abscheu über die Brutalität der Mörder zitterte.

Und ich? Warum kann ich hier sein?

Er erhielt keine Antwort auf seine stumme, verbitterte Frage.

Es war gleichgültig. Er sah, daß die Mörder zum zweiten Ei weitergaloppierten, um auch das darin geborgene Drachenjunge zu vernichten!

Mischa beugte sich tief über den Hals des Rapphengstes hinunter, der seine Nervosität, seine Verzweiflung zu spüren schien und noch schneller dahinjagte.

Trotzdem waren die Drachenmörder vor Mischa am Ziel!

Mischa schrie . . . schrie . . . schrie . . .

Ohne nachzudenken richtete er sich im Sattel auf – und riß den Zauberstein hoch. Das Juwel blieb – kalt! Ein böses Lachen sickerte durch Mischas Kopf. *„Diesmal nicht, jedenfalls* nicht rechtzeitig genug!" wisperte der Zauberstein grausam.

Die Maskenreiter preschten um das Ei herum, rissen ihre Schwerter hoch – und –

Vor Mischas Augen verschwamm alles in einem blutigen Wirbel . . .

8. „Der Weg ist das Ziel"

Er schrie immer noch, als er wie von einer Tarantel gestochen hochfuhr. Er saß auf einem harten Holzstuhl, der dicht an einen langen, breiten Tisch herangezogen war.

Die Bewegung vor sich spürte Mischa mehr, als daß er sie bewußt sah. Eine schmale und doch feste Hand legte sich auf seinen Arm, kräftige Finger drückten zu. Irgendwie linderte das den Schmerz, der tief in Mischa wütete, eine dunkle Flammenhölle, die ihn leerbrannte und verzweifelt und verbittert zurückließ. Niemand sprach. Mischas Sicht klärte sich nur zögernd, schwarze und graue Wirbel schienen an seinem Verstand zu saugen und ihn ins Nichts des Vergessens reißen zu wollen.

Dann sah er Schemen. Aus den Schemen wurden bleiche Flecken. Gesichter. Augen. Die Gesichter und die Augen seiner Freunde. Und als er sie genauer ansah, da wußte Mischa, daß auch sie diesen Traum gehabt hatten, daß auch sie Zeuge der Verbrechen der Maskenreiter geworden waren. Sie alle kämpften um ihre Fassung. Sein Blick verschleierte sich wieder.

Der Druck der Hand auf seinem Arm war beruhigend, ein Anker in der Wirklichkeit.

Mischa schluckte trocken, versuchte damit gleichzeitig auch, den widerwärtigen Blutgeschmack in seinem Mund loszuwerden, aber das gelang nicht. Der Blutgeschmack hatte sich in seine Mundhöhle hineingeätzt wie eine bittere Medizin oder wie ein Säure. Und in seinen Ohren klang immer noch das zittrige Todesschreien der nicht ausgeschlüpften Drachen.

„Warum?“ krächzte Mischa und bewahrte seine Beherrschung nur mit unmenschlicher Anstrengung. Wenn er die Augen schloß, dann sah er die Meute der Maskierten wieder mit gezückten Schwertern auf die Dracheneier einschlagen. Er schloß die Augen nicht. Tapfer starrte er die bleichen Schemen an, von denen er wußte, daß es Rajds, Thay-Lees, El Botzos und Ratzels Gesichter waren. Er schämte sich seiner Erschütterung nicht.

Jedes Wort fiel ihm schwer.

„Warum haben sie das getan?“ wiederholte er, als die Hexe nicht sogleich antwortete.

„Sie benötigten die Haut der jungen Drachen“, antwortete Ratzel, und ihre Stimme klang sehr beherrscht, fast spröde und unwillig, als würde sie nur unter einem Zwang antworten. Als Mischa nichts darauf einwarf, sprach Ratzel weiter. „Sie ist noch weich, die Schuppenhaut der jungen Drachen, weich und geschmeidig. Die geschickten Handwerker in den Diensten der Mörder verstehen sich darauf, aus dieser Haut sehr, sehr hübsche und kostbare Handtaschen, Ledermäntel und Schuhe zu fertigen.“

Es verschlug Mischa die Sprache. Diese Eröffnung traf ihn hart. Er war noch bleicher geworden, starrte Ratzel nur an, und jetzt war sein Blick klar, nichts verschleierte ihm mehr die Sicht.

Er sah die harten Runzeln und Falten ihres Gesichts. Er sah die Trauer darin. Das linke, das große Auge war wieder wie in Nebelschleier gefaßt.

„Du . . . du meinst“, warf Thay-Lee ein, die bis jetzt ganz still bei ihnen am Tisch gesessen war, „du meinst, diese Mörder haben es nur deshalb auf die jungen Drachen abgesehen, weil sie aus ihrer Haut kostbare Taschen für ihre Damen machen können?“ Ihre Stimme kratzte. Ihre Miene drückte Unglauben, Fassungslosigkeit aus.

„Drachenhäute sind selten geworden in diesen Tagen“, antwortete Ratzel, schien sich dann aber auf Lees eigentliche

Frage zu besinnen. „Nicht für ihre Damen, nein. Sie verkaufen die Drachenhäute. Oder daraus hergestellten Taschen, Mäntel, Schuhe. An reiche Herrschaften. Und die verschenken sie mit großartiger Geste dann an ihre Damen.“

Thay-Lee starrte Ratzel an, als habe die den Verstand verloren. Mischa spürte wühlende Übelkeit im Magen. Rajd blinzelte, als würde er in einen Orkan starren, und sein gutmütiges Gesicht wechselte die Farbe wie bei einem unheimlichen Wetterleuchten. Von krebsrot wechselte es auf ungesundes Grün, dann auf Brechreiz-Gelb.

Botzo hatte sich schlicht und einfach abgewandt. Seine schmalen Schultern zuckten aber verräterisch.

Mischa wandte den Blick ab. Er starrte auf seine Hände, die er auf der Tischplatte gefaltet hatte. Zuerst konnte er nichts, aber auch gar nichts Vernünftiges denken. Die Erschütterung, der Ekel vor einem solchen Tun summte und dröhnte in seinem Kopf. Erinnerungen, die er längst verschüttet geglaubt hatte, erhoben sich. Erinnerungen an die Erde, an die Welt, von der er kam. Durch einen Zauberkampf mit dem magischen Juwel hatte er einen Teil seiner Erinnerungen verloren . . . *diese* allerdings nicht. Auch auf der Erde gab es Menschen, die Tiere nur um ihrer Haut, ihres Pelzes wegen jagten. Und reiche Leute, die sich damit auch noch voller Stolz schmückten . . .

Auch auf der Erde gab es Tierarten, die vom Aussterben bedroht waren, und die dennoch rücksichtslos abgeschlachtet wurden, aus finanziellen Interessen, wie das gemeinhin genannt wurde. Wie viele Panther, Geparden, Tiger hatten sterben müssen, nur damit sich eitle Frauen und Männer in kostbare Pelze hüllen und damit gleichzeitig ihren Kontostand veranschaulichen konnten?

Und wie viele Katzen, Hunde, Mäuse, Ratten, Kaninchen, Meerschweinchen und Hamster starben an den grausamen Tierversuchen? Jeden Tag mindestens 40000! 40000! Jedes Jahr fast fünfzehn Millionen Tiere! Weltweit, so hatte Mischa gelesen, sollten es nach vorsichtigen Hochrechnungen sogar über 300 Millionen Tiere sein, die pro Jahr in den Folterkammern der Wissenschaftler ihr Leben aushauchten – für wissenschaftliche Forschung und für Fortschritt! Millionenfacher Schmerz, millionenfaches Grauen. Tiere wurden lebendigen Leibes aufgeschlitzt, um zu testen, wie lange Leid ertragbar ist. Katzen wurden die Augenlider zugenäht, Mäusen die Barthaare abrasiert, um herauszukriegen, welche Folgen diese Eingriffe auf das zentrale Nervensystem hatten. Hunde wurden gekreuzigt, damit fanatische Wissenschaftler herausfinden konnten, wie lange Jesus Christus damals am Kreuz gelitten haben könnte – alles im Namen der Forschung, des menschlichen Wissensdranges. Millionen von Tieren wurden geopfert, nur damit neue Lippenstifte auf den Markt kommen konnten, neue Cremes und neue Fältchenwässerchen!

Überall dasselbe! Überall geht es um – Geld, Geld und nochmals Geld! Auf der Erde, wie hier auf Camelon!

„Für Geld?" flüsterte Lee erstickt. „Sie tun es nur wegen des Geldes – und für die Eitelkeit gewisser Frauen?"

„Und Männer. Auch Männer tragen die Mäntel aus Drachenleder. Manche brüsten sich sogar damit, den entsprechenden Drachen selbst erlegt zu haben."

„Diese Schweine!" preßte Lee heraus. „Sie alle meine ich. Die Maskierten, diejenigen, die die Taschen und Mäntel herstellen, sie verkaufen – aber besonders diejenigen, die sie kaufen und sich einen Dreck darum kümmern, wieviel Leid sie gekostet haben. Die meinen, daß man mit Geld alles bezahlen kann, auch das Leben von denkenden und fühlenden Wesen. Ich hasse sie! Ich –"

Sie sprach Mischa aus tiefster Seele. Jetzt brach sie ab, versank in dumpfem Brüten. In ihren hellen Augen brannte ein kaum mehr menschlicher Zorn – kalt wie Eis und dennoch heiß wie Kohlestücke.

Er wollte sie trösten, wollte sie in den Arm nehmen und an

sich ziehen.

„Nicht!“ fauchte sie und wehrte seinen Arm ab. „Ich will nicht getröstet werden. Ich will wütend sein, weil ich so am besten etwas gegen diese – diese Teufel unternehmen kann!“

Eisige Stille breitete sich daraufhin aus, wurde zu einem gläsernen Tonnengewicht in Ratzels Hütte. Ein Gewicht, das auf ihnen allen lastete.

„Es war nicht nur ein Traum, habe ich recht?“ stellte Mischa tonlos fest, als er wieder die Kraft hatte, auf- und in Ratzels Gesicht zu sehen.

Sie verneinte stumm, und für einen Moment glaubte er, sie atmete schwerer.

„Nicht nur“, sagte sie dann.

Mischa blickte seine Freunde an. In ihren Gesichtern zeichnete sich noch immer Schrecken, Abscheu, Fassungslosigkeit ab. Und immer wieder Erschütterung. Sie alle hatten dasselbe gesehen und erlebt wie er. Diesen Traum, der nicht nur ein Traum gewesen war.

„Es waren die gleichen, die uns in deiner Hütte aufgelauert haben, nicht wahr?“

Ratzel nickte wieder. Der Schleier verrutschte leicht, so heftig war die Kopfbewegung.

„Ich werde euch alles erzählen – und erklären. Ihr sollt es wissen, meine jungen Freunde. Gerade ihr, vor allen anderen Sterblichen.“

„Schieß los!“ verlangte Rajd in seiner unnachahmlich direkten Art. Normalerweise konnte er ja keiner Fliege etwas zuleide tun. Aber jetzt hatte sich sogar in seinen Augen Schmerz und Trauer in flammenden Zorn verwandelt.

„Richtig, sag uns, wer diese Teufel sind, und wir rösten sie über kleiner Flamme, ganz, ganz langsam! Wir reißen ihnen sämliche Barthaare aus und – und –“ Botzo bemerkte, das er übers Ziel hinausgeschossen war, verlor den Faden über all seinem Eifer, blickte sich ertappt um, fluchte, kletterte von der Tischplatte zu Rajds Schultern und schließlich – unter

Zuhilfenahme der beträchtlich großen Ohren des Verspielten Königs – auf seinen Turban hoch. Dort ließ er sich in der Delle niedersinken, hockte sich zurecht und spähte erwartungsvoll zu ihnen herunter.

„Nicht so schnell“, bremste die Hexe Ratzel. „Außerdem will ich solche Äußerungen nicht hören. Wenn ihr die Mörder quält, dann seit ihr nicht besser als sie! Gewalt erzeugt immer wieder neue Gewalt. Wißt ihr das denn nicht? Nein, es gibt andere Mittel und Wege, die Täter zu strafen, glaubt mir das . . .“

„Er hat's nicht so gemeint“, schwächte Rajd ab. „Er ist halt wütend wie wir alle und dabei mal wieder ein kleines bißchen zu weit gegangen . . .“

Botzo sprang auf, stemmte die Händchen in Hüfthöhe in seine schwarze Kutte und sprudelte· „Nicht so gemeint?! Und ob ich es so gemeint habe! Genau so! Wort für Wort! Ich bin empört! Und außerdem schieße ich NIEMALS über irgend ein Ziel hinaus! Botzo atmete tief durch. Aber im Gegensatz hierzu schien sämtliche Luft aus ihm zu entweichen. Sein zornrotes Gesichtchen wurde wieder blaß. „Verflixt. Natürlich hat Rajd recht. Ich – ich bin nur so sauer. Und ich komme mir so hilflos vor. Wir sitzen hier und reden, während diese Dreckskerle noch immer auf freiem Fuß sind. Diese . . .“

Mischa war vom Tisch aufgestanden und langsam zu einem der Fenster hinübergeschlendert. Durch die dünne Glasscheibe, auf der Tausende von Regentropfen schillerten, starrte er nach draußen, in den strömenden Regen. Dort war keine Spur mehr von den Dämmerwesen zu sehen, obwohl er gerade jetzt glaubte, scharfe Klauen an der Eingangstür kratzen zu hören.

Nach einer Weile kehrte Mischa an den Tisch zurück. Trotz des fürchterlichen Traumes fühlte er sich ausgeruht. Leichte Kopfschmerzen sorgten für ein andauerndes Ziehen in seinem Verstand, aber damit konnte er leben.

„Wie paßt das alles zusammen? Diese Kerle schlachten Drachen ab. Sie überfallen dich. Sie lauern uns auf."

„Sie haben das Nützliche und Geldbringende mit dem verbunden, was ihnen befohlen worden ist."

Mischa faßte Ratzel scharf ins Auge. „Ratzel, nimm's mir nicht übel, aber ich finde, du solltest jetzt aufhören, in Rätseln zu reden. Erzähl uns, was hier abgeht. Und schnell. Ich halt's nämlich genau wie Botzo nicht mehr aus, hier untätig rumzusitzen."

Zustimmendes Gemurmel antwortete.

„Gut. Ihr sollt es wissen." Wieder nickte Ratzel. Nach wie vor war das oder ein Kopfschütteln die einzigen Bewegungen, die sie sich gönnte. Ihr Körper unter dem schwarzen Kleid schien steinern auf dem Stuhl mit der hohen Lehne zu kauern, und Mischa fragte sich, wie sie diese Reglosigkeit überhaupt aushalten konnte.

„Es ist eine traurige Geschichte", begann Ratzel, und das Feuer im Kamin brannte sogleich weniger hoch, die Holzspäne erloschen und duftender Rauch erfüllte die Hütte. Dämmerlicht breitete sich aus, machte das Gesicht der Hexe weicher, tarnte die tief eingeschnittenen Runzeln und ließ ihre Augen intensiver schimmern. Es sah aus, als hätte Ratzel ihre jungen Gäste unvermittelt vergessen, und als sie weitersprach, klang es, als rede sie nur mit sich selbst – eigenartig dumpf und monoton.

„Seit Jahren jagen die Menschen die gutmütigen Drachen des Vulkanlandes. Stets aus Profitgründen, nicht etwa, weil sie sie hassen. Sie sehen die Drachen als DINGE, als SACHEN, als eine Art Rohstofflieferanten. Und das ist viel, viel schlimmer.

Bisher hatten es die Menschen nicht leicht mit dieser ihrer Jagd auf die Drachen. Die Drachen sind schlau, sie wußten ihren Feinden manches Schnippchen zu schlagen.

Doch dies hat sich jetzt geändert, auf grauenhafte Weise. In diesem Sommer sind im Vulkanland fast alle erwachsenen Drachenmänner in tödliche Fallen gelockt und förmlich abgeschlachtet worden . . ."

„Die Erwachsenen auch? Aber ich dachte . . .?"

„Die Erwachsenen auch, Mischa." In Ratzels Gesicht zuckte ein Muskel, ein harter Zug erschien um ihre Lippen herum. „Den Jungen stehlen die Menschen die dünne, geschmeidige Schuppenhaut. Bei den Erwachsenen, deren Haut mächtig und dick geworden ist, wie die Rinde eines Baumes, haben sie es ebenfalls auf die Haut abgesehen. Doch werden daraus keine Modesachen gefertigt. Nein. Aus den Hornschuppen der erwachsenen Drachen schmieden die Mörder gewaltige Rüstungen. Unzerstörbare Panzerungen für die Krieger der Heere Camelons. Ihr wißt, wie viele Königreiche dieser Welt im Zwist miteinander liegen, wie viele Fürstentümer und sogar Klöster. Der Mensch ist nicht glücklich, wenn er nicht Krieg führen und damit legitimiert töten kann. Irgendwo, gegen irgendwen. Es ist gleichgültig."

„Das ist Wahnsinn!" hauchte Rajd.

„Es ist die Wahrheit."

„Laßt sie weiterreden", flüsterte Thay-Lee mit tonloser Stimme. Jetzt war vollends sämtliches Blut aus ihren Wangen entwichen. Teigig war ihre Gesichtshaut, gerade über den Wangen wirkte sie wie eingesunken.

„Die meisten männlichen Drachen des Vulkanlandes sind tot", erzählte Ratzel. „Vernichtet. Grausam niedergemetzelt. Ihre einst so mächtigen und schönen Körper liegen als ausgeblutete, abgehäutete Kadaver in der glühenden Sonne des Vulkanlandes – ewige Mahnmale an Mensch und Tier. Es . . . es ist schrecklich.

Aber den Drachenjägern reicht das noch immer nicht. Unersättlich sind sie. Deshalb sind sie hierher gekommen. Auf die Blütenstadt Xalyra und herauf, in den Verbotenen Wald. Denn hier, so haben sie erfahren, legten die weiblichen Drachen letztes Jahr ihre Eier ab, hier würden die Jungen schlüpfen, wie dies seit Jahrhunderten die Sitte ist. Hier, im Verbotenen Wald. In *meinem* Wald.

Dreimal sind die Drachenjäger gekommen. Zweimal konnte ich mit meiner Zaubermacht verhindern, daß sie den Drachenjungen ein Leid antun. Zweimal konnten die Drachen schlüpfen und mit ihren Müttern davonfliegen. Aber das dritte Mal – heute morgen . . .

Es kam zu einem gigantischen Kampf zwischen Listspinn und mir. Er konnte meine Magie ausgleichen und zurückdrängen. Das, was ihr in dem Traum real erlebt habt, war das, was dieser Kampf entschieden hat. Die Jagd."

„Aber die Jäger sind zu spät gekommen!"

„Sie haben zwei Drachen getötet! Zwei Lebewesen! Ein Leben ist so kostbar wie das andere!" Sie schwieg kurz. „Aber das Schlimmste ist, daß sie ein Ei unversehrt in ihre Gewalt gebracht haben. Ein Drachenei, ein Jungtier, das in den nächsten Tagen schlüpfen wird. Ich – ich weiß nicht, was sie mit ihm vorhaben."

Ratzel schwieg, seltsam erschöpft von ihrer langen Rede. Mischa starrte sie schweigend an. Er fröstelte, obwohl es nicht kalt war in der Hütte. Rauch zog nicht ab durch den Kamin, sondern schwebte dünn ins Innere und verklebte sich unter den Dachsparren mit der Finsternis und den dort schaukelnden Spinnennetzen.

„Wie können diese Teufelshunde die Drachen in die Falle locken? Und dann auch noch in solchen Scharen?" Mischa schüttelte den Kopf. „Es muß ein Trick dahinter stecken. Schwarze Magie. Listspinns Schwarze Magie."

„Ja. Schwarze Magie. Aber ich weiß nicht, welche. Ich weiß nur, daß es stets beim DRACHENTEMPEL geschieht. Im Vulkanland."

„Drachentempel", hakte jetzt Lee nach, die sich offenbar gefangen hatte.

„Früher war dies ein Heiligtum der Drachen. Es ist tief im Herzen des Vulkanlandes gelegen, auf dem Berg Daragoss.

Vor hundert oder zweihundert Jahren wurde es von den kriegerischen Zygg erobert, von grausamen Wesen aus dem Innern der Erde. Es geht die Sage, daß sie geradewegs mit der Lava aus den Tiefen hervorgekrochen sind – Wesen aus Feuer und Asche."

„Und diese Zygg arbeiten mit den Drachenjägern zusammen?"

„Ja."

„Wer noch? – Warte, einen zumindest kennen wir, glaube ich", sagte Mischa düster, und seine Augen glitzerten kalt. „Den Großkönig. Er muß jedem, der in den Verbotenen Wald kommen will, seine Erlaubnis erteilen. Das war bei uns so, also muß es auch bei den Drachenjägern so gewesen sein. Ohne Erlaubnis kommt niemand in den Turm, der in den Wald heraufführt."

„Der Großkönig Egeler arbeitet in der Tat mit ihnen zusammen", antwortete Ratzel. „Er dürfte sogar ihr – Anführer sein. Aber das kann ihm niemand beweisen. Seinem Sohn hingegen schon."

„Seinem Sohn?"

„ Willbur. Er war der Maskierte, der dich beinahe besiegt hat. Der mit dem Stock. Ich weiß es. Ich habe ihn an seinen Gedankenimpulsen wiedererkannt."

„Das ist ja ein dicker Hund!" platzte El Botzo heraus. „Also schnappen wir uns erst mal diesen Egeler, dann seinen sauberen Herrn Sohn – und dann rollen wir die ganze restliche Bande auf . . ." So, wie er das sagte, hörte es sich nach einem Kinderspiel an.

Mischa wischte Botzos Einwand mit einer ungeduldigen Handbewegung beiseite. „Und Egeler hat auch was gegen uns?" fragte er.

„Er oder Listspinn, wer weiß das schon? Listspinn weiß um deinen Zauberstein. Und er weiß um den Preis, den die Meister der Lüge auf deinen Kopf ausgesetzt haben."

Ratzels Augen funkelten.

„Aber jetzt hat er sich erstmal die Pfoten verbrannt, die raffigen! Dieser Saukerl!“ tönte El Botzo mit großer Genugtuung, als Mischa nichts sagte.

„Das wird ihn nicht daran hindern, sie ein zweites Mal nach euch auszustrecken. Ich kenne ihn.“ Ratzels Gesicht war jetzt fast ganz in Schatten getaucht. Der Witwenschleier tat das Seine dazu.

„Na“, sagte Mischa in falscher Fröhlichkeit. „Wenigstens kennen wir jetzt – teilweise immerhin – unseren Feind im Dunkeln.“

„Gefahr erkannt, Gefahr gebannt!“ meinte Rajd und nickte, daß Botzo beinahe von seinem ‚Hochsitz‘ geflogen wäre. Eingedenk des Ernstes der Situation verzichtete der Kleine allerdings auf eine saftige Schimpfkanonade.

„Und die jungen Drachen?“ fragte Mischa. „Und die Drachenmütter? Wohin ziehen sie jetzt?“

„Zurück. Zurück ins Drachenland. Ins Vulkanland.“

Ratzels Worte fielen wie schwere Steine in die atemlose und fassungslose Stille.

„Was?“ hauchte Lee erstickt.

Ratzel nickte. „Sie können nicht glauben, was ihnen dort widerfahren ist. Sie können nicht glauben, daß Menschen ihnen so etwas antun. Sie sind vom Guten im Menschen überzeugt. Und sie werden so lange davon überzeugt sein, bis auch der letzte von ihnen niedergemetzelt ist.“

„Aber –“

Ratzel unterbrach Mischa, bevor er weiterreden konnte. „Ich habe sie längst gewarnt, doch es hat nichts genutzt. Ich habe mit ihren Anführern und Anführerinnen gesprochen, mit jungen wie mit alten. Nichts. Sie bleiben im Vulkanland. Der Willkür ihrer Mörder ausgeliefert.“ Ratzel senkte den Kopf.

„Das gibt's nicht! Das darf nicht wahr sein! Da steckt doch noch etwas dahinter!“ witterte Rajd und sprang auf.

„Zauberei? Vielleicht. Listspinn ist mächtig.

Er nutzt jedes Mittel zum Zweck, das sich ihm bietet. Jedes. Angefangen bei der Gutmütigkeit und dem Vertrauen der Drachen."

„Wir müssen hin. Ins Vulkanland! Sofort!" stellte Thay-Lee fest und sprang ebenfalls hoch, daß ihr Stuhl umkippte und mit einem Poltern auf den Boden schlug. „Vielleicht können wir das Schlimmste noch verhindern!"

„Warte, Kind", bat die Hexe. „Ihr seid nicht zu mir gekommen, um allein vom Schicksal der Drachen zu hören. Ihr seid Zaleikars wegen gekommen, wegen des Mannes, der weder lebt noch sterben kann. Wegen einem ehemaligen Meister der Lüge."

Mischa hatte auch schon daran gedacht. Zaleikar war seine große Hoffnung – der Mann, der ihm endlich den Weg zu den geheimnisumwitterten Meistern der Lüge sagen konnte. Zu diesen Teuflischen, die im Hintergrund skrupellos an den Fäden der Macht zogen.

Nur einige wenige Vertraute wußten, wer die Meister waren, und wo sie steckten; niemand jedoch hatte sie je von Angesicht zu Angesicht gesehen und dies überlebt. Trotzdem waren sie die wirklichen Beherrscher der Welt Camelon: in jedem bösen Spiel mischten sie mit, ihr Wort war Gesetz für eine Unzahl von Helfershelfern, freiwilligen wie unfreiwilligen. Ihre Spione waren überall, in jeder Stadt, in jedem auch noch so kleinen Dorf. Sie empfingen die Befehle der Meister und gaben sie weiter. Umgekehrt waren sie aufmerksame Beobachter, die wiederum jedes ungewöhnliche Vorkommnis an ihre geheimnisvollen Auftraggeber weiterleiteten.

Selbst Könige standen somit unter der Knute der Meister der Lüge, arbeiteten ihnen in die Hände und waren selbst nichts weiter als Schachfiguren, die nach Belieben hin und her geschoben wurden.

Wer den Meistern nicht gehorchte, wer sich ihnen nicht unterwarf, der wurde vernichtet. Eiskalt ausgespielte Macht und erbarmungslos eingesetzte Magie – das waren die

Stützpfeiler ihres Schreckensregiments.

Mit Zaleikar sah Mischa die Chance für sich, den Meistern zuvorzukommen. Sie aufzuspüren, sie direkt bekämpfen zu können, bevor sie oder ihre Häscher ihn fanden. Denn *er* hatte sich ihnen nicht unterworfen. Er hatte ihnen den Zauberstein nicht ausgehändigt, als sie das von ihm verlangt hatten. Jetzt war ein Kopfgeld auf ihn ausgesetzt. Sie wollten ihn haben, lebend oder tot. Mit oder ohne Zauberstein.

Auf der Schwimmenden Blütenstadt hatte sich Mischa in Sicherheit geglaubt. Hier hatte er Zaleikar gefunden. Und Zaleikar hatte sich bereit erklärt, ihm zu helfen, den Weg zu den Meistern zu verraten.

Obwohl er früher einer von ihnen gewesen war, haßte er sie. Sie hatten ihn ausgestoßen – und mit ihrer Zauberkunst zu dem gemacht, was er jetzt war. Einem Wesen, das weder lebte noch sterben konnte. Ein Untoter.

„Zaleikar hat euch eine Bedingung gestellt", sagte Ratzel leise. „Bevor er euch hilft, will er, daß ihr ihn aus seinem bemitleidenswerten Zustand befreit, daß ihr ihn wieder zu einem normalen Menschen macht. Das geht nur mit einem Zaubertrank. Ihr sollt ihn für ihn brauen."

Mischa nickte nur. Er hatte es aufgegeben, sich über die Hexe Ratzel und ihr scheinbar allumfassendes Wissen zu wundern.

Ja, dachte er. Deshalb die verzweifelte Jagd nach den Zutaten für diesen Zaubertrank. Die meisten hatten sie in den letzten Wochen aufgetrieben. Nur drei fehlten jetzt noch.

Die Barthaare des lebenden Pilzes Goarthim.

Der Schweiß einer Zauberfliege namens Ylvarath.

Und eine Träne von einem Silberstein.

Sie waren dem Ziel so nahe! Nur – woher sie diese drei Zutaten nehmen und nicht stehlen sollten, davon hatte keiner von ihnen auch nur den Dunst einer Ahnung.

Das sagte er auch Ratzel.

„Und deshalb seid ihr zu mir gekommen", nickte sie.

„Ihr habt euch einen Tip erhofft. Ihr habt alle Schrecknisse des Verbotenen Waldes auf euch genommen, diese eure Mission zu erfüllen. Und jetzt wollt ihr diese Mission so einfach vergessen? Nur der Drachen wegen?" Sie lächelte sanft, wie nur jemand lächeln konnte, der über ein hohes Alter und sehr, sehr große Weisheit verfügt.

„Wir wollen unsere Mission nicht vergessen", erwiderte Thay-Lee. „Nur verschieben. Mehr nicht."

„Es geht auch um Zaleikar", gab Mischa zu bedenken. „Er rechnet mit unserer Hilfe. Er hat neue Hoffnung geschöpft."

Thay-Lee fuhr herum und funkelte ihn an. „Er war früher selbst ein Meister der Lüge. Er hat zu ihnen gehört. Er hat Menschen geknechtet, ausgebeutet, gefoltert, zum Bösen gezwungen. Vielleicht hat er sogar getötet. Auf jeden Fall aber hat er seine Macht in vollen Zügen gekostet. Und er wollte noch mehr Macht. Deshalb hat er seinen Kumpanen das magische Juwel gestohlen. Den Zauberstein, den jetzt du trägst. Und deshalb, Mischa, haben ihn die anderen Meister verflucht. Deshalb ist er heute das, was er ist. Nein." Sie schüttelte heftig den Kopf. „Unsere Entscheidung ist gar keine Frage. Zaleikar kann warten. Und er muß warten. Die Drachen nicht! Sie werden ausgerottet, das ganze Drachenvolk! Wesen, die gutmütig sind und friedfertig. Die sich noch niemals etwas zuschulden kommen haben lassen. Die es nicht fassen können, was Menschen ihnen antun – und deshalb im Vulkanland bleiben und sich weiter abschlachten lassen! Unsere private Mission, die Meister zu finden, steht auf der einen Seite. Unsere Menschlichkeit aber auf der anderen!"

„Und unser Gerechtigkeitsempfinden", sagte Rajd ernst.

„Und überhaupt", gab Botzo noch eins drauf, „haben wir noch niemals jemanden im Stich gelassen, der in der Käsesuppe sitzt!"

Mischa sah sie der Reihe nach an. Sein Lächeln war bitter. Sie waren gespannt, wie seine Antwort ausfallen würde.

Sie stand schon die ganze Zeit über fest.

„Ihr habt recht", sagte Mischa nur.

Ratzel lächelte breiter und irgendwie erleichtert. „Manchmal", raunte sie geheimnisvoll, „ist der Weg, den man beschreitet, bereits das Ziel. Und ein Weg, den man für die Sache des Guten beschreitet, ist immer das Ziel", hängte sie noch an – und kippte dann plötzlich mit einem schmerzerfüllten Stöhnen nach vorn.

Rajd schrie erschrocken auf.

Ratzels Stuhl rutschte nach hinten weg, und sie sank schlaff zu Boden, ohne auch nur den Versuch zu unternehmen, sich irgendwo am Tisch festzuhalten. Die Freunde spritzten buchstäblich hoch. Mischa war als erster bei der Hexe und kauerte sich neben ihr nieder. Er bettete ihren Kopf auf seine Knie. Der Witwenschleier war verrutscht. Er wischte ihn weg, griff nach Ratzels Hand – und prallte zurück.

Seine und Ratzels Hand waren voller Blut!

★

„Sie ist verletzt!" entfuhr es Rajd fassungslos.

„Muß es schon die ganze Zeit über gewesen sein", stellte Lee fest.

Mischa starrte auf das Blut hinunter, das auf dem schwarzen Kleid der Hexe einen nassen, schwammigen Fleck gebildet hatte. Deshalb ihre komische Haltung, dachte er bedrückt. Ein Schwert mußte die Wunde gerissen haben. Eine tödliche Wunde, denn sie saß direkt unterhalb des Herzens.

„Ratzel", sagte Mischa, und es klang so verdammt hilflos.

„Listspinns Männer – die Drachenjäger – waren sie das auch?" stammelte Lee.

Ratzel nickte schwach.

„Warum hast du es uns nicht gleich gesagt?"

Ratzel lächelte zu Mischa herauf. „Keine Zeit, mich darum zu kümmern", flüsterte sie mühsam. Jedes Wort schien ihr

Schmerzen zu bereiten. „Ich . . . mußte euch den Traum träumen lassen. Ich mußte mich um eure Wunden kümmern. Um eure Erschöpfung, euren Hunger und euren Durst.“ Sie hustete schwach. „Die Drachenjäger wollten mich ausschalten. Ein für allemal.“

„Wie können wir dir helfen?“

Ratzel antwortete nicht gleich. Ihre Lider flatterten. Lee war losgesprungen und suchte irgendwo im dunklen Hintergrund der Hütte nach Wasser, einem sauberen Lappen und Verbandszeug.

„Wir müssen die Wunde säubern und verbinden!“ sagte sie.

„Habe schon zuviel Blut verloren. Außerdem . . . noch haben die Teufel nicht gewonnen. Noch ist auch für mich nichts verloren. Hexen sterben nicht so schnell wie Menschen, nicht einmal dann, wenn sie nach menschlichem Ermessen tödlich verletzt sind. Meine Zeit ist erst gekommen, wenn drei mal vier dreizehn Tage ergibt – und keine Entscheidung gefallen ist.“

„Das kapier ich nicht!“ platzte Rajd heraus.

„Du wirst es verstehen. Es ist die Magie der Zahlen – und auch der Zeit. Ihr alle werdet es verstehen. Alles ist einer großen Gesetzmäßigkeit unterworfen. Aus Zufall geschieht nur wenig auf Camelon.“

„Wir können dich doch nicht so hier liegenlassen“, sagte Mischa, weil er diese Aufforderung indirekt aus Ratzels Worten herausgehört hatte.

„Ihr habt eine neue Mission, hast du das schon vergessen?“

Sie versuchte, sich aufzurichten. Rajd stützte sie umständlich und zitterig. Mischa hielt noch immer Ratzels Hand. Sie fühlte sich wächsern an und kühl. Mischas Augen brannten, und tief in ihm nagten Verzweiflung und Zorn über die heimtückischen Mörder. Die gingen wirklich über Leichen, rücksichtslos. Ein Menschenleben zählte für die Dreckskerle genausowenig wie ein Tierleben. Vielleicht sogar noch weniger, sagte er sich. Weil sie daraus keinen Profit mehr ziehen können.

Jetzt wäre er ganz froh gewesen, wenn er Tränen in den Augen gespürt hätte. Aber da waren keine Tränen. Er war wie leergebrannt von all den Grausamkeiten, von denen er erfahren hatte.

Wir müssen den Drachenjägern das blutige Handwerk legen! Nur dieser Gedanke wurde an die Oberfläche seines Denkens gespült. Immer und immer wieder.

„Bringt mich auf die Veranda", bat Ratzel. „Zusammen mit meinem Freund, dem Blätterwisch. Laßt uns dort in meinem Schaukelstuhl sitzen, und laßt uns den Sonnenaufgang sehen, der heute um so vieles schöner ist als gestern. Ohne Nebel, ohne Schatten. Ein langer, langer Sonnenaufgang. Vergeßt nicht, die Zeit ist meine Freundin, und manchmal hört sie sogar auf mich . . ."

„Aber wir –"

„Ihr geht eures Weges. Kein Lebewesen des Verbotenen Waldes wird euch behelligen, dafür ist Sorge getragen. Nicht einmal die Zeit wird mehr gegen euch sein. Dieses Mal ist die Magie mit euch. Ihr werdet euer Ziel schnell erreichen."

„Du weißt, wovon du sprichst, nicht wahr?" fragte Mischa leise.

„Und ich weiß um die Gefährlichkeit eurer neuen Mission", flüsterte sie. „Noch könnt ihr es euch überlegen . . ." Mischa schüttelte den Kopf.

„Da gibt's nichts mehr zu überlegen."

Als Ratzel stumm blieb und nur lächelte, hob er sie behutsam hoch. Er wunderte sich darüber, wie leicht sie war, fast ein Federgewicht. Rajd zog den Sicherungsriegel zurück und öffnete die Tür. Zu ihr aller Staunen empfing sie draußen tatsächlich malvenfarbene Helligkeit. Ein wunderschöner, lieblicher Sonnenaufgang, erfüllt mit zaghafter Wärme und vom kräftigen Duft der Herbstblumen, die überall auf der

Lichtung gediehen. Sogar an den grauen, verwitterten Steinpfeilern des Monumentes.

9. Unter schrecklichem Verdacht

Seit Stunden waren sie jetzt unterwegs, und noch immer war Sonnenaufgang. Magische Energien ließen die Luft prickeln. Der helle Glutball im Osten hing unbeweglich, von gewaltigen Zauberkräften in Fesseln gehalten, über den Wipfeln der Bäume. Zarte Dunstschleier umfingen ihn wie besänftigend. Milde Wärme hatte sich ausgebreitet im Verbotenen Wald, und die Pflastersteine der Straße der Alten schimmerten unter den tappsigen Berührungen einzelner stärkerer Lichtspeere. Es war wie ein verschwörerisches Zublinzeln, fand Mischa. Nichts deutete mehr darauf hin, daß diese Zauberstraße eine gefährliche Falle für sie gewesen war und sich letztendlich sogar in reißendes Wasser verwandelt hatte.

Im Herbstwald zu ihren beiden Seiten rührte sich kein Grashalm. Jeder Baum, jeder Ast, jedes auch noch so winzige Blatt schien den Atem anzuhalten wie in einer großen Andacht.

Dieses Mal ist die Magie mit euch. Mischa mußte oft an diesen Ausspruch der Hexe Ratzel denken. Jetzt verstand er, was sie damit gemeint hatte. Die Zeit stand still, aber diesmal zu ihren Gunsten. Der Vorsprung der Drachenjäger schmolz rapide zusammen. Immer wieder grübelte Mischa darüber nach, woher die sterbende Hexe die Kraft zu diesem gewaltigen Zauber nahm. Es war fast wie ein Wunder.

„Die Macht ist mit uns", murmelte er und zitierte damit einen Science Fiction-Film, den er vor langer, langer Zeit einmal auf der Erde gesehen hatte. Im Zusammenhang mit dem, was hier vorging, hörte es sich kitschig an, und er verzog das Gesicht.

Sie marschierten schweigend und zügig. Sogar Rajd hielt ohne zu klagen mit. Das Silberband der Straße driftete unter ihren Füßen dahin. Nervosität hielt Mischa trotzdem gepackt, eine ansteckende Nervosität.

Jeder von ihnen hing seinen eigenen Gedanken nach – und bestimmt keinen angenehmen. Der Abschied von der Hexe und dem Blätterwisch erschütterte sie noch immer. Wenn Mischa nur lange genug auf eine Stelle in der Ferne vor sich sah, glaubte er, die beiden sehen zu können, wie er sie zuletzt gesehen hatte. Wie sie auf der Veranda saßen und ihnen nachsahen und ein einziges Mal schwach winkten.

Es war ein kurzer Abschied gewesen. Und ein schmerzlicher. Mischa verstand nicht, wie jemand noch im Angesicht des Todes zuversichtlich sein konnte. Ratzel hatte auch das fertiggebracht. Sie ist eine erstaunliche Frau, dachte er. Sie wollte es uns leichter machen, zu gehen. Und sie hat für alles gesorgt. Sogar Proviant und unsere Waffen hat sie fein säuberlich für uns bereitgelegt. Und eine Karte vom Vulkanland. Eine Karte, auf der unser Weg zum Berg Daragoss und zum Drachentempel eingezeichnet ist.

„Hexen haben sieben Leben, wie Katzen auch", flüsterte ihm der Zauberstein zu, belehrend und überheblich, als würde er zu einem kleinen Kind reden.

Mischa antwortete ihm nicht.

In Gedanken war er schon weit voraus. Der Weg ins Vulkanland würde beschwerlich werden. Eine alptraumhafte Strapaze. Und zuvor mußten sie noch von der Schwimmenden Blütenstadt Xalyra zum Festland übersetzen. Wahnsinn, sagte sich Mischa, und die Unruhe in ihm flammte höher. Es war ein fast aussichtsloser Wettlauf. Die Drachenjäger waren trotz allem im Vorteil, denn auf ihrer Seite stand Listspinn, ein mächtiger Zauberer. Notfalls konnte er sie bestimmt ins Drachenland zaubern, in Nullzeit. Oder, wenn schon nicht das, so gab es da immer noch den Großkönig Egeler und seinen brutalen Sohn Willbur. Egeler hatte Macht und Geld. Für den war es ein Leichtes, die Überfahrt zum Festland und sodann die Reise zum Drachentempel für seine

Mörderbande zu organisieren und dafür zu sorgen, daß eventuelle Verfolger aufgehalten wurden.

Gut, sagte sich Mischa. El Botzo könnte uns auch per Zeitlosem Hüpfer befördern. Einzeln zwar nur und in x Zwischenlandungen. Er ist nicht so stark wie Listspinn. Wir würden hinkommen. Aber hinterher wäre unser Kleiner erledigt. Es strengt ihn zu sehr an. Erstmal den Verbotenen Wald hinter uns bringen – hier geht sowieso überhaupt nichts, was mit Magie zusammenhängt. Total tote Hose hier. Später sehen wir weiter.

„Sie hat uns nicht allzu viele Informationen mit auf den Weg gegeben“, sagte Thay-Lee später und lenkte Mischas Gedanken auf ein anderes Thema. „Ich meine, gut, wir haben die Karte. Aber darüber hinaus: was wissen wir schon? Daß die Drachen beim Drachentempel, auf dem Berg Daragoss, in eine tödliche Falle gelockt und umgebracht werden. Zu Hunderten. Aber wir haben keine Ahnung, wie das geschieht. Oder wann. Heute vielleicht schon? Morgen? In einer Woche? Wann kommen die ausgeschlüpften Drachen überhaupt im Vulkanland an? Wie lange brauchen sie für den Flug von Xalyra dorthin?“

„Es muß irgendwie mit diesen Zygg-Teufeln zusammenhängen“, warf El Botzo ungewohnt nachdenklich ein und hüpfte von Rajds auf Thay-Lees Schulter und dann schließlich auf Mischas rotblonde Mähne. „Ich meine, daß die Drachen überhaupt angelockt und abgeschlachtet werden können. Die Zygg haben die Drachen schon in der Vergangenheit besiegt und ihren Tempel erobert.“

„Es muß auch mit Egeler und Listspinn zusammenhängen“, meinte Mischa.

„Vor allem aber mit dämonischer Zauberei!“ Rajd blickte beifallheischend zu ihnen her. Klar, alles, was mit Magie zusammenhing, war SEIN Thema.

„Trotzdem. Vielleicht kommen wir zu spät . . .“

„Wir dürfen uns jetzt nicht verrückt machen, Lee! Sonst

geben wir vielleicht auf, weil wir uns sagen: hat ja alles keinen Sinn.“

Sie zuckte die Schultern. Die halbmondförmige Narbe auf ihrer linken Wange pulsierte in dunklem Rot und zeigte an, wie es in der Anführerin der ehrenwerten jugendlichen Diebe arbeitete.

Die Straße der Alten schlängelte sich dahin, und der zauberische Zustand blieb bestehen. Die Sonne bewegte sich nicht. Es war gespenstisch, und Mischa fragte sich mit einem leisen, zittrigen Gefühl von Unwohlsein, ob das den ganzen Weg über so bleiben würde. Den ganzen Weg, bis zum Vulkanland?

Einmal legten sie eine kurze Pause am Wegesrand ein. Mischa setzte die Wasserflasche an die Lippen und trank mit vorsichtigen, kleinen Schlucken. Das Wasser schmeckte köstlich und war prickelnd und belebend, als wäre es soeben aus einer herrlichen Quelle gesprudelt, die von grünen Schatten überdeckt war.

Mischa legte sich zurück, schloß die Augen, lauschte kurz dem gedämpften Reden seiner Freunde. Dann genoß er die leichte Wärme der Pflastersteine, auf denen er lag.

Er wußte, daß sie zügig vorankamen. Diesmal würden sie nicht tagelang durch den Verbotenen Wald irren. Trotzdem, gegen die Wegstrecke, die noch vor ihnen lag, war das in etwa wie ein lächerlicher Tropfen auf einen heißen Stein.

Mischa dachte daran zurück, wie er die Schwimmende Blütenstadt das erste Mal gesehen hatte – wie eine gigantische Seerose mit nach oben gewellten Blättern, so war sie vor ihm im Tosen der Meeresgewalten aufgetaucht. Auf der Seerose hatte sich die Stadt Xalyra erhoben, zahllose bunte, märchenhafte Bauten, freundlich, hell und fern wie eine Verheißung. Im Zentrum dieser Gebäude war ein elfenbeinfarbener Turm aufgeragt, eine Art Blütenstengel, an dessen oberem Rand acht silbrig glänzende Blütenblätter saßen, die wie mit kostbaren Perlen verziert wirkten. Eine wundersame

Stadt mitten im weiten Teufelsmeer, eine Oase, ein Hort des Friedens.

Seit Wochen waren sie hier, und zum ersten Mal seit langer Zeit waren sie nicht mehr von unheimlichen Wesenheiten gehetzt worden. Zusammen mit seinen Freunden hatte er sich um die Zutaten für den Zaubertrank gekümmert. Er hatte die Schwimmende Blütenstadt in- und auswendig kennengelernt, jedes kleine, verschwiegene Gäßchen, jeden Keller.

Und auch den Blütenstengel, der im Zentrum hoch, hoch in den wolkenlos blauen Himmel emporstieg. Dieser Stengel war tatsächlich natürlichen Ursprungs, doch hatte man ihn im Verlauf vieler Jahrzehnte ausgehöhlt. Ein düsterer Treppenschacht wand sich wie ein grotesker Wurm nach oben. Zu den acht Blütenblättern, zum Blütenkelch. Dort oben, eingebettet in die riesigen Blütenblätter, die ihrerseits schon wieder eine Stadt hätten beherbergen können, lag der Verbotene Wald, der von manchen auch der Hohe Wald genannt wurde. Dort oben lag Ratzels Refugium.

Und dort oben waren sie seit Stunden unterwegs. Oder seit Tagen, Wochen, Monaten, Ewigkeiten, setzte Mischa mit einem Frösteln hinzu.

Magie war die Trumpfkarte auf Camelon. Bisher hatten sie es stets mit sehr realen Gegnern zu tun gehabt. Mit den Schwarzen Rittern, oder mit Astratten. Aber dieses Mal galt es, der Zauberei zu trotzen. Einer Magie, die alles verdrehte, die aus einem einzigen Tag ein ganzes Leben machte – und gleichzeitig den Tod in dieses Leben einwob.

Mischa setzte sich auf und blinzelte in Rajds Gesicht.

Vielleicht erriet der Verspielte König Mischas Gedanken. Vielleicht war es einfach nur Zufall, daß er ausgerechnet jetzt das Folgende sagte: „Weißt du, Mischa, ein guter Freund, Zauberlehrling wie ich, hat mir mal etwas gesagt, das sich jetzt irgendwie ganz gescheit anhört.“

„Und?“

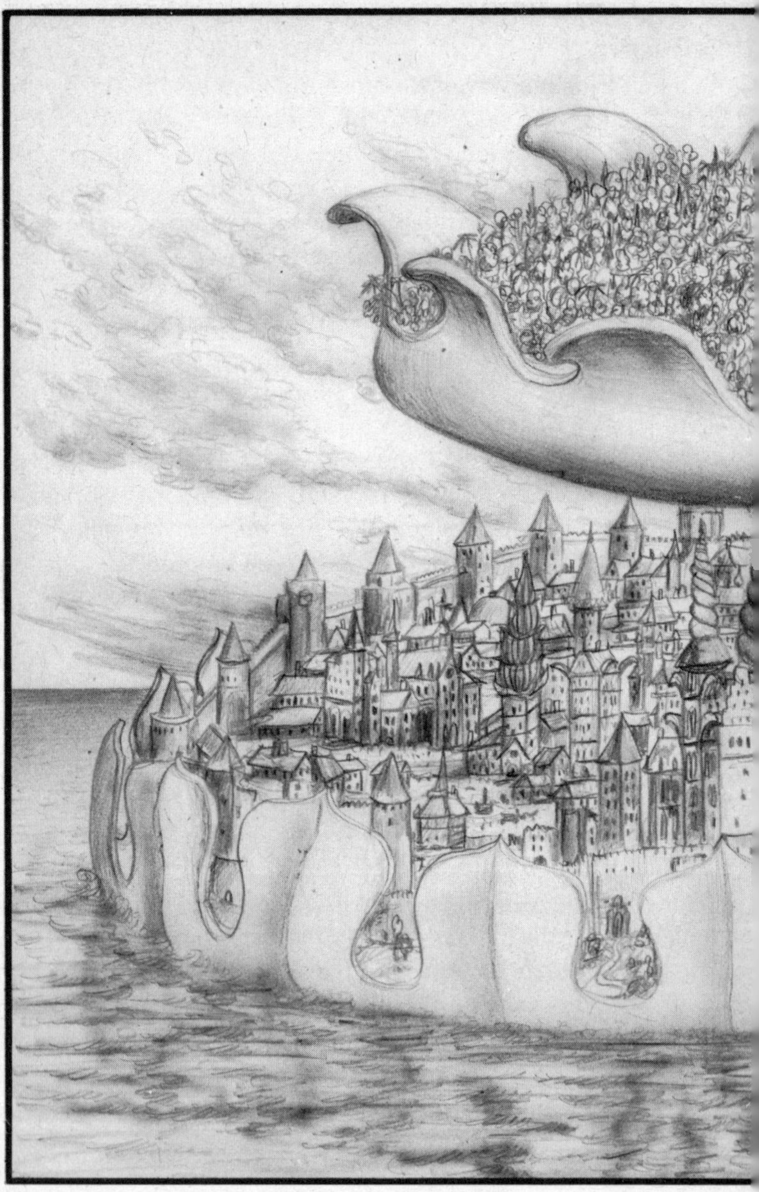

K. H.

„Wenn die Zeit mit uns spielt, sind wir Schatten", antwortete Rajd und wich Mischas Blick aus.

„Du traust dieser Straße nicht?"

Er zuckte mit den Schultern. „Ich traue der ganzen Sache nicht."

Zehn Minuten später brachen sie wieder auf.

„Eigentlich hätte uns Ratzel die Zutaten für unseren Zaubertrank trotzdem sagen können", sagte Rajd nachdenklich. „Dann hätten wir sozusagen zwei Fliegen mit einer Klappe geschlagen."

„Und mir hätte sie diesen ELENDIGEN Käsegestank vom Leib wegzaubern können", schlug El Botzo in die gleiche Kerbe. Mischa konnte nicht sagen, ob es ernst gemeint war – oder nur als Spitze gegen Rajd dienen sollte.

„Wenn wir dieses Abenteuer hinter uns haben und noch leben, besuchen wir Ratzel noch einmal und –"

„Du glaubst, daß sie noch lebt?" fragte Botzo.

„Ich weiß es", erwiderte Mischa. „Wenn wir siegen, wird sie am Leben bleiben. Sie hat es – indirekt – selbst gesagt. *Meine Zeit ist erst gekommen, wenn drei mal vier dreizehn Tage ergibt – und keine Entscheidung gefallen ist.*"

Rajd seufzte. „Mit diesen Zahlenspielereien bin ich noch nie klargekommen."

„Mit was kommst *du* schon klar?" kitzelte El Botzo und duckte sich sicherheitshalber tiefer auf Mischas Haarschopf hinunter.

„Ich –" Rajd mußte erstmal tief durchatmen. „Warte", drohte er dann. „Warte, bis wir aus diesem Wald heraus sind, dann – dann zaubere ich dir ein Hirschgeweih auf deinen kleinen Koboldschädel. Oder nein, noch besser . . ." Rajd strahlte, als ihm ein noch boshafterer Einfall kam. „Ich werde deine Zunge in einen Superkaugummi verwandeln. Der mit Vorliebe an deinem Gaumen festpappt. Dann ist endlich mal Ruhe! Lästermaul!"

„Gute Vorsätze hat er ja, unser Superzauberer!" lobte El

Botzo mit lässiger Eleganz, während er seine Fingernägel begutachtete, sich ansonsten aber nicht sonderlich beeindruckt gab.

„Eines Tages zaubere ich ihn in seinen stinkenden magischen Käse zurück!“ brummte Rajd Uvo Ben Mandin Kalifato Rajd.

Und jetzt riß es El Botzo doch.

Er klappte das Maul auf. Und wieder zu. Und zu ließ er es dann auch.

Diesmal bist du Sieger nach Punkten, Rajd, dachte Mischa anerkennend.

Bald darauf sahen sie den Turm – und den düsteren, von welken Blättern verwehten Eingang zu jenem Treppenschacht, der durch den Blütenstengel hinabführte zur Schwimmenden Blütenstadt Xalyra. Fort aus dem oberen Blätterkelch. Fort aus dem Verbotenen Wald.

★

Feuchte Dunkelheit und ein bedrückendes Schweigen umgab sie, als sie sich die glitschigen Treppenstufen hinabtasteten. Ein falscher Schritt, und sie würden schneller unten ankommen, als ihnen lieb war. Allerdings mit gebrochenem Hals.

Mischa schüttelte das böse Gefühl ab und konzentrierte sich ganz auf seine Umgebung. Seine rechte Hand wischte über die Wände des gewachsenen Blütenstengel-Schachtes, und das Material fühlte sich an wie eine aufgeschnittene Gurke: feucht, schmierig und doch massiv. Bei jedem Schritt knirschte es. Von irgendwo hoch droben tröpfelte Wasser, ein monotones Plitschen und Platschen, das ihm im Verlauf der Zeit wie ein monströser Sekundenschlag vorkam.

Wenn Mischa sein Zeitgefühl nicht schon längst verloren hätte – jetzt und hier wäre es ihm garantiert abgeknöpft worden. Tiefer und tiefer kamen sie in dem ungeheuerlichen Schacht; Hunderte von Treppenstufen lagen bereits hinter ihnen, und noch immer wand sich die Wendeltreppe abwärts in kalte Finsternis. Weder Mischa noch die anderen sprachen. Ihre lauten Atemzüge, ab und zu ein erschrockenes Luftanhalten, dann wieder das Tappsen und Knirschen, das ihre Füße verursachten und das ankündigte, daß sie weiterhin in Bewegung waren, waren in der Schwärze ihre einzigen Begleiter. Mischas Herz schlug hoch droben im Hals, wenigstens kam es ihm so vor. Abwechselnd schwitzte und fror er. Die Anspannung ließ seine Nerven flattern, und er wußte, daß er höllisch aufpassen mußte. Wer nervös war, machte Fehler, die er normalerweise nicht machte. Sein ganzer Körper schmerzte. Seine Muskeln kamen ihm durch das vorsichtige, tastende Vorwärtspirschen wie verknotet vor – und weiter ging es. Rundherum, immer rundherum auf ausgetretenen, rutschigen und schmalen Stufen, den spiralförmigen Treppenschacht hinunter, der kein Ende nehmen wollte.

Mischa dachte an die Drachen. Hatten sie das Vulkanland schon erreicht? Waren sie schon wieder in ihrer angestammten Heimat, in der großen Backofenhitze der vor tiefer Aktivität brodelnden Vulkane? – Und die Drachenjäger? Waren die schon dabei, ihre Opfer einzukesseln?

Wieviel Zeit war vergangen, seit sie Ratzel verlassen hatten?

Wieviel auch immer, beantwortete sich Mischa seine Frage im nächsten Augenblick selbst, es wurde knapp. Mischas Gedanken jagten sich wie wirbelnde Schmetterlinge.

Unwillkürlich ging er schneller. Unwillkürlich beschleunigte sich auch sein Atem. In seinem Kopf war ein Dröhnen, als würden tausend Kobolde darin einen wilden Kosakentanz aufführen. Er zerbiß einen Fluch zwischen den Zähnen.

Weiter!

Hoch über ihnen war der helle Kreis des Schachteinganges schon längst verschwunden. Schwärze herrschte. Schwärze und Nässe. Und – Gefahr!

Mischa spürte zuerst das Kribbeln. Der Zauberstein auf seiner Brust pulsierte, sandte hellblaue Strahlen aus, frostiges Eislicht, das die Schwärze zurückdrängte.

Im gleichen Moment wurde das verhaltene Knurren vor ihnen laut, ein Grollen und Schaben und Schleichen!

Schockgrüne Augen mit schwarzen Schlitzpupillen schwebten direkt vor Mischa in der Düsternis!

Raubtieraugen!

★

„Ach du dickes Zauberschwein!" japste El Botzo und verkrallte sich vor lauter Schrecken in Mischas Haaren.

Mischa handelte. Seine rechte Hand flog hoch, fand mit traumwandlerischer Sicherheit den Schwertgriff und zog die Klinge blank. Er hatte genug von bösen Überraschungen. Er wollte nicht mehr länger Spielball unbegreiflicher Wesenheiten und unbegreiflicher Mächte sein. Und – er wollte sich nicht mehr länger aufhalten lassen!

Die Raubtieraugen schwebten näher, große Glutbälle aus grünem Wabern und Flirren. Ein geschmeidiges Schleichen wurde lauter – dann erkannte Mischa die Umrisse eines gewaltigen, geduckten Körpers. Schwarzes Fell schimmerte wie polierter dunkler Marmor. Muskeln zeichneten sich in zuckenden Reflexen darunter ab.

Vor ihnen stand ein riesenhafter schwarzer Panther!

Die Augen verschmälerten sich.

„Bleibt stehen!" fauchte die Bestie.

Ihre Lefzen zogen sich zurück und entblößten ein prächtiges Gebiß. Geifer schimmerte darauf.

Mischa atmete ganz flach. Das Grauen juckte in seinem Magen, wurde stärker, machtvoller und breitete sich zu einem bleiernen Klumpen aus.

„Was willst du von uns? Warum hältst du uns auf? Die Hexe Ratzel hat uns zugesagt, daß uns kein Lebewesen des Verbotenen Waldes aufhalten wird. Hat sie dich nicht über unsere Mission informiert?" Mischa sprach hastig und abgehackt. Die Angst schimmerte hinter jedem Wort. Trotzdem war er nicht bereit, aufzugeben. Sein Herzschlag raste. Schweißfeucht waren seine Handflächen. Die Drachen! Sie dürfen nicht sterben! sagte er sich verzweifelt! Es darf nicht sein, daß wir diesmal versagen!

Die Verzweiflung in ihm wurde stärker als jede Angst.

„Ich bin kein Lebewesen des Verbotenen Waldes", grollte der schwarze Panther endlich. „Auch unterstehe ich nicht Ratzels Macht. Ich bin Scheeba, die Königin der Tiere, und ich bin gekommen, um die Mörder der Drachen zu töten! – *Euch*!"

„Ach, du dickes, dickes Zauberschwein!" ächzte El Botzo noch einmal.

Mischa schüttelte leicht den Kopf. Seine Finger krampften sich um den Schwertgriff zusammen. „Das ist ein Mißverständnis, Scheeba. Du hast dir die Falschen ausgesucht . . . Wir sind keine Drachenmörder, im Gegenteil, wir –"

„Der Großkönig Egeler hat es mir durch seinen Zauberer mitteilen lassen! – Ihr seid die Verbrecher!" beharrte Scheeba.

Mischas Kopfhaut spannte. „Unsinn! Sie selbst sind es, nicht wir!"

Scheebas Augen glühten noch heller. „Du bist kein Mörder, nein. Auch das Mädchen und der stinkende kleine Kobold nicht –"

„Ich bin kein stinkender kleiner Kobo-"

„Schweig!" herrschte ihn Scheeba an, und jetzt klaffte ihr Rachen zitternd offen. Botzo verschluckte jeden weiteren Protest, kroch in Mischas Hemdausschnitt und zog es vor, diesmal ausnahmsweise auf das letzte Wort zu verzichten.

„Ich?" kiekste Rajd ganz schwach. „Sie meint, daß ich –"

Scheeba glitt näher. Es wurde ernst. Mischa hielt die Luft an.

„Du! Ja! Du verhinderter, fetter Zauberer. Du hast mit

Magie dafür gesorgt, daß die Drachenmütter den Kleinen nicht zu Hilfe eilen konnten! Du!" Aller Haß und alle Verachtung, zu der die Königin der Tiere fähig war, sprachen aus der fauchenden, zischelnden, grollenden Stimme. Ein bösartiges Knurren schloß sich an.

„Schluß jetzt!" stieß Mischa zusammen mit seinem bisher angehaltenen Atem heraus. „Rajd tut keiner Fliege was zuleide! Es war Listspinn! Listspinn, der dämonische Zauberer! Verflixt, das müßtest du eigentlich wissen, Scheeba! Man hat dir einen gewaltigen Bären aufgebunden!"

Scheeba fauchte. Raubtieratem schlug Mischa entgegen. Die Muskeln des Panthers spannten sich an. Mischa wußte, daß er in einem Zweikampf gegen diese Bestie keine Chance hatte – niemals. Scheeba war nicht ‚nur' ein Raubtier. Sie war eine Göttin, ein Fabelwesen – eine Legende. Er hatte schon von ihr gehört, sie bisher allerdings tatsächlich nur für einen Mythos gehalten.

Aber der stand jetzt vor ihm, mit gebleckten Zähnen, und Tod glitzerte in den grünen Schlitzaugen.

„Gib uns eine Chance, Scheeba!" flüsterte Mischa eindringlich. „Du bist gerecht. Du bist keine Mörderin, wie diese Drachenjäger. Du bist die Königin der Tiere, und als solche daran gewohnt, Recht zu sprechen . . . Wir beweisen dir unsere Unschuld!"

Geh aus dem Weg! Ich will diesen Rajd töten! Ich will ihn mit meinem Pranken zerreißen und –"

„Niemals!" Messerscharf zerschnitt Mischas Stimme die Finsternis.

„Dann mußt auch du sterben!" grollte der schwarze Panther – und sprang!

★

Mitten im Vorwärtsschnellen verwandelte sich der Schemen in ein Farbenspiel! Rote, grüne und violette Kugeln rasten wie verrückt gewordene Seifenblasen auf Mischa zu, erreichten ihn, und umfingen ihn schon im nächsten Moment. Ein gräßliches Lachen explodierte im Treppenschacht, ein Lachen voller Siegesgewißheit und Haß.

Unter Tausenden von Stimmen hätte Mischa diese eine Stimme erkannt!

Das war nicht Scheebas Stimme!

Es war nicht einmal Scheeba!

Das war – *Listspinn!*

Eine Falle! Ein gemeiner Bluff! durchloderte es Mischas Verstand, dann spürte er einen mörderischen Schlag an seinem rechten Arm. Er wirbelte herum, zerbiß den Schmerz, der in ihm tobte, krachte gegen Thay-Lee und Rajd. Immer mehr Leuchtblasen wirbelten heran! Zaubermacht, grauenhafte Energie prasselten wie Geschosse auf Mischa ein und verwandelten den Treppenschacht in ein irrlichterndes Tollhaus.

Zauberkräfte wurden aktiv, packten zu und rissen Mischa, Lee und Botzo nach vorn.

Aus! Aus und vorbei! Wir haben verloren! Das konnte Mischa noch denken, dann wurde er von dem dämonischen Sog übermächtiger Zaubergewalten und grellen Schmerzwogen verschluckt!

10. K. o. durch Schlagsahne!

Rajd schrie in einer Mischung aus Entsetzen und Panik auf, als er sah, daß sich Mischa, Thay-Lee und El Botzo auflösten, von den flammenden Höllenkugeln förmlich verschluckt, gefressen wurden – und dann verschwunden waren, als habe es sie niemals gegeben! Er warf sich nach vorn, wollte hinterherhechten, selbstlos hineinspringen in das Leuchten, das seine Freunde davonriß. Er schaffte es nicht. Er rutschte aus, brüllte, stürzte kopfüber in kalte Schatten, krachte irgendwo gegen die Wand, rutschte weiter – und fiel und stürzte und kullerte. Er wirbelte die Treppenstufen hinunter, krachte gegen frostige Wände, spürte Winkel und Rutzen unter seinen rudernden, tastenden Händen vorbeiwischen – und irgendwann spürte er nur noch einen einzigen großen, pochenden, rumpelnden, dröhnenden Schmerz, der mit jeder neuen Drehung seines Körpers anwuchs, sich ins Unermeßliche steigerte und dann wieder abflaute – und wieder anwuchs.

Sie haben Mischa! Lee! El Botzo! Diese verdammten Mörder! hämmerte es immer wieder durch Rajds Verstand. An nichts Anderes konnte er denken. Nichts anderes hatte Platz in seinem Verstand. Nicht einmal der Schmerz war stärker.

„Den Vierten auch!" kreischte Listspinns Stimme irgendwo in der Finsternis. „Ihr habt diesen Fettkloß übersehen! Den will ich auch haben! Los! Holt ihn, strengt euch an, unterstützt meine Zaubermacht, auf daß wir ihn finden . . ."

Die Stimme hallte durch den Treppenschacht, begleitete Rajd in einem irren Wechselspiel aus laut und leise und Echos und verzerrten Wortfetzen auf seinem Sturz. Die Luft stank plötzlich nach Schwefel und Energie!

Keuchend merkte Rajd endlich, daß er stillag. Und er lebte noch. Hat doch was Gutes an sich, gepolstert zu sein! sagte er sich und zog das Gesicht zu einer Grimasse.

Er rappelte sich zittrig hoch, rutschte aus und konnte sich gerade noch an der gurkenglatten Schachtwand festkrallen. Dann jagte er die Treppenstufen hinunter. So gleichmäßig wie möglich. Über ihm dröhnten die Stimmen und huschten Schatten.

Rajds Gedanken überstürzten sich. Wo kam der Zauberer plötzlich wieder her? Wahrscheinlich per Zeitlosem Hüpfer angereist, sagte er sich. Der Dreckskerl beherrscht das. Und ich, ich armer Hund übe und übe und –

Seine Gedanken kreisten, schwenkten ab wie ein Hornissenschwarm und hatten ein neues Thema gefunden. Er mußte die anderen finden. Seine Freunde. Aber wo sollte er suchen? Er mußte ihnen helfen, er war der einzige, der noch auf freiem Fuß war. Aber WIE sollte er ihnen helfen. Wo?

Unten leuchtete Helligkeit.

Der Ausgang aus dem Blütenstengel-Schacht!

Rajd wetzte mit wehenden Rockschößen hinunter. Noch zehn Stufen. Acht. Fünf. Die letzten drei hüpfte er hinunter und wunderte sich, daß er noch immer durchatmen konnte, daß sich seine Lungen nicht schon längst verknotet hatten. Normalerweise hätte er einen solchen Sprint nicht lebend überstanden. Er war wirklich kein Leichtgewicht, und für sportlich hielt er sich erst recht nicht. Er arbeitete lieber mit den Waffen seines messerscharfen Verstandes und – mit der Magie. Wenn ihn seine Freunde ließen. Aber die vertrauten ihm ja leider nicht so recht.

Und jetzt?

Jetzt war er ganz auf sich allein angewiesen. Du lieber Schibuzzi! dachte er. Was soll ich nur tun? Ausgerechnet ich schwaches Hemd gegen eine ganze Mörderbande! Gegen Zauberer, einen blutgierigen Großkönig und tausend Söldner!

Aber irgendwie gab ihm das auch Kraft. Viel Feind, viel Ehr, versuchte er sich einzureden. Es gelang nicht so recht. Die Kraft der Verzweiflung paßte schon besser.

Das helle Rechteck des Turmausganges lockte. Dahinter, im Sonnenschein, sah er Häuser. Rajd jagte darauf zu. Zaleikar! kam es ihm plötzlich in den Sinn. Der Untote muß mir helfen, meine Freunde zu finden! Aber dalli!

Die Schatten, die links und rechts *außerhalb* des Ausganges auf ihn lauerten, sah er zu spät!

NUR WEG VON HIER! dachte er inbrünstig, als sich die schwertschwingenden Maskierten auf ihn stürzten. Er spürte einen glühenden Schlag über seine linke Wange ratschen – und dann veränderte sich die Umgebung auf beängstigende Art und Weise!

Rote Schlieren zerplatzten! Regenbogen entstanden und verschwanden! Luftperlen glitzerten und Schatten wirbelten. Rajd kam es so vor, als würde er von einem schwarzen Samttuch zugedeckt. Im nächsten Moment zogen Geisterhände das Samttuch wie einen Vorhang wieder weg. Rajd kapierte trotzdem – *der Zeitlose Hüpfer! Das war ein Zeitloser Hüpfer! Ich hab's geschafft! Ich bin weggekommen, ich hab die Bastarde abgehängt!*

Im nächsten Moment war der eigenartig erhebende Zustand schon wieder vorbei.

Die Schmerzen in Rajds Kopf steigerten sich ins Unermeßliche. Er schrie, glaubte zu fallen – und schlug hart auf einem steinernen Untergrund auf.

Die Umgebung hatte sich verändert. Er lag auf kostbaren Steinfliesen. Ein riesenhafter Saal umgab ihn. Das registrierte er noch halb benommen. Protzige Samtvorhänge hingen an hohen, weißen Marmorwänden. Stimmengemurmel zitterte in der Luft.

Der Verspielte König blieb nicht liegen. *Zeig, was du kannst!* sagte er sich knurrig. Er stieß sich ab, versuchte aus dem Schwung seines Sturzes heraus so elegant um die eigene Achse zu rollen, wie Mischa das immer tat. Aber er schaffte es nicht. Auch das Abrollen über Kopf und Schultern klappte nicht. Es wurde nur ein groteskes Kullern mit anschließendem halbem Kopfstand und frei in der Luft zappelnden Füßen.

Rajd lief rot an. Er schwor sich: Wenn ich das mit heiler Haut überstehe, gütiger Schibuzzi, dann – dann werde ich Sport treiben! Und wie! Jeden Tag mindestens eine Viertelstunde. Auch zwanzig Minuten! Bitte – Schibuzzi – hilf mir . . .

Klar, daß er den Kopfstand-Zustand nicht halten konnte. Rajd fluchte und sackte buchstäblich in sich zusammen. Dann schaute er sich aus der Froschperspektive um.

Zuerst sah er nur eine lange, prächtig gedeckte Tafel. Dort fuhr jetzt ein dunkel gekleideter, unglaublich fetter Mann mit lockigem Haar auf.

Egeler!

Der Großkönig!

„Auch das noch! In der Höhle des Löwen! Ich bin in Egelers Palast gelandet."

Die Gewißheit gab Rajd neue Energie. Er sprang hoch, wirbelte herum, hörte Egelers gellenden Schrei.

„Wachen! Ergreift ihn!"

Rajd stellte einen neuen Geschwindigkeitsrekord im Kurzstreckenlauf auf – und einen noch größeren Rekord im Sofortstoppen!

Ein Schatten flirrte vor ihm!

LISTSPINN! Der schwarzgekleidete Zauberer tauchte nur ein paar Schritte vor Rajd aus dem Nichts aus, ein grausiges Phantom – ein tödlicher Feind. Geschmeidig landete er auf beiden Füßen, federte ab und rannte durch den gewaltigen, prunkvoll ausgestatteten Saal. Seine Schritte hallten auf den Steinfliesen. Rajds Herzschlag raste.

Wohin jetzt?

Auf jeden Fall nicht stehenbleiben!

Er stampfte los. Der Boden war glatt, wie eingebohnert. Mit seinen halbmondförmigen Kalifenschuhen rutschte er immer wieder aus, schlidderte mit hochgerissenen Armen voran und war heilfroh, daß er wenigstens nicht auf die Nase plumpste.

Egeler brüllte und tobte und gestikulierte.

Rajd kam in einem großen Bogen auf den Großkönig zu. Auch die anderen Gäste, die an der langen Tafel gespeist hatten, waren aufgespritzt, um sich jetzt an der Jagd auf den vermeintlichen Verbrecher und unbefugten Eindringling zu beteiligen.

„Ich will seinen Kopf haben! Er soll sterben! Vierteilt ihn! Nein, noch besser, opfert ihn – opfert ihn in dem Drachenzauber! Dieser Frechling! Einfach in meinen Thronsaal einzudringen – dieser – dieser –" Großkönig Egeler geiferte noch weiter, aber Rajd schaltete seine Ohren auf Durchzug.

Er stoppte. Aus seiner Angst und Panik wurde kalte Empörung. Dieser Hund befahl hier eiskalt einen Mord, vor allen seinen Höflingen!

„Du gemeiner Verbrecher!" schleuderte ihm Rajd entgegen. Ein leichtes Schwindelgefühl erfaßte ihn dabei. Es war ihm nicht mehr unbekannt. Er hatte damit Schwierigkeiten, seit er in Ratzels Hütte von Willbur mit dem Stock niedergeschlagen worden war. Vielleicht eine Gehirnerschütterung.

Auf jeden Fall: aus dem Schwindelgefühl wurde mehr. Etwas braute sich zusammen. Wie Gewitterwolken zog es in Rajds Kopf auf. Dann folgte das Donnerwetter!

Ein berstendes Krachen wurde laut. Magie ließ die Luft knistern. Die Porzellanschüssel vor Großkönig Egeler zerplatzte. Etwas Weißes spritzte und schwappte hoch – formte sich wie unter der behutsamen Hand eines Gespenstes zu einer riesengroßen Faust.

Zu einer Faust aus Schlagsahne!

Rajd dachte nur noch: *So, und jetzt knall ihm eine!*

Genau das geschah! Er brauchte keinen Zauberspruch aufzusagen, er brauchte sich nicht davor zu fürchten, irgend etwas an diesem Zauberspruch falsch aufzusagen – er brauchte es nur denken. Und die Schlagsahne – um nichts anderes handelte es sich bei der weißen, wässrigen Masse – ballte die Finger, wurde zu einer Superfaust, die an einem langen, gummigeschmeidigen Arm herumschwang und genau auf Egelers miese Visage zuhielt.

Es krachte, als wäre Egeler gegen eine massive Eichenholztür gerannt. Mit dem Gesicht zuerst!

Der Schlag der Schlagsahne-Faust saß voll im Ziel. Egeler riß beide Hände hoch. Und erstarrte. Und kippte steif nach hinten weg, mit verdrehten Augen. Die Schlagsahne zerspritzte und war jetzt wieder ‚nur' Schlagsahne. Der Zauberbann platzte.

Rajd staunte noch immer. Aber er blieb nicht mehr stehen. Das Schwindelgefühl in seinem Kopf klärte sich, er sah wieder scharf wie ein Adler. Listspinn jagte mit großen, raumgreifenden Schritten heran. Mord waberte in seinen Augen. Die Kapuzenmaske trug er immer noch. Die Wachen kamen ebenfalls.

Rajd wetzte um sein Leben. Sein Atem brannte in den Lungen.

Er hatte nur mehr Gedanken für seine neuerliche Flucht. Verzweiflung verwandelte seine Beine in Pudding. Mischa. Verdammt, ich hätte dich so gerne auch einmal aus dem Schlamassel gerettet! Und dich, Lee. Und vor allem dich, Botzo! Der Gedanke an das fassungslose, geradezu blöde Gesichtchen, das der kleine Kobold da wohl oder übel ziehen würde, verlieh ihm ungeahnte neue Kräfte!

Er schlidderte in bedenklicher Schräglage durch eine Tür, die er im letzten Augenblick sah und aufriß. Die Meute aus schreienden und tobenden Leuten brodelte hinter ihm her.

Rajd lief einen guten Vorsprung heraus.

Dann beging er den Fehler und spähte im Laufen über die Schulter zurück.

Listgespinn schrie einen gellenden Zauberbefehl!

Gleichzeitig schien der Zauberer zu einem flirrenden Schemen zu werden. Er stieß sich ab – und sprang! Es wurde ein wilder Hechtsprung mit vorgerissenen Klauenhänden. Der schwarze Mantel des Zauberers flatterte. Die Augen hinter den Kapuzenschlitzen glühten diabolisch. Noch im Vorwärtssprung verwandelte sich Listspinn! Aus dem hageren Mann im schwarzen Mantel wurde eine riesige Fledermaus! Der Mantel formte sich zu gewaltigen Flügeln, die den dürren Körper vorwärtspeitschten!

Der Sturmwind dieser Flügelschläge warf Rajd zu Boden. Er schlidderte, überschlug sich. Gleichzeitig tauchte der fürchterliche Fledermaus-Schatten auf und stürzte sich mit einem kreischenden Raubvogelschrei auf ihn herunter. Rajd wurde gepackt, hochgefetzt. Ein gemeiner Fausthieb traf sein Kinn. Rajd revanchierte sich in einem Reflex mit einem Tritt vors Schienbein. Listspinn brüllte vor Zorn und Schmerz.

Weitere Schläge prasselten auf den Verspielten König ein. Das tut weh! raste es durch seinen Verstand. Unwillkürlich schloß er die Augen. Aber weh taten die Prügel trotzdem. Er wünschte sich weg. Aber diesmal klappte der Zeitlose Hüpfer nicht mehr! Er war zu schwach.

Er – er verlor die Besinnung! Panik wallte in ihm hoch. Nein! Ich darf nicht ohnmächtig werden, sonst ist's zappenduster!

Tapfer kämpfte er gegen die Schwäche an. Er drängte die Übelkeit zurück. Vor seinen geschlossenen Augen zerplatzten Sonnen. Die anderen hielten ihn für ohnmächtig.

„Das genügt! Der Kerl hat vorerst den Kanal voll!" brüllte eine gehässige Stimme.

„Soll ich ihm nicht sicherheitshalber noch zehn oder zwanzig Hiebe verpassen?" erkundigte sich Willbur eifrig.

Mistkerl! dachte Rajd, hielt die Luft an und erwartete schon neue Schläge.

Aber die kamen nicht.

„Hör schon auf . . ." Das war Listspinns befehlsgewohnte Stimme.

Rajd empfand fast so etwas wie Dankbarkeit für den Zauberer. Der hielt ihn – wie die anderen auch – für ohnmächtig.

„Einen Besinnungslosen zu verdreschen macht keinen Spaß", sagte der Zauberer, und damit war Rajds Sympathie für ihn auch schon wieder erloschen.

„Bringt ihn sofort in den Raum des Schwarzen Zauberspiegels!" giftete Willbur, der jähzornige und schlagfreudige Sohn des Großkönigs Egeler.

Rajds schlaffer Körper wechselte von Listspinns dürren Vogelhänden in andere Hände über. Er atmete so flach wie möglich. Blut rann ihm aus der Nase, ein heißer, klebriger Strom. Rajd schauderte davor. Er konnte Blut nicht sehen, am allerwenigsten sein eigenes.

„Und dann?" erkundigten sich diejenigen, die Rajd jetzt hielten. „Sollen wir ihn dort erledigen?"

„Nein!" befahl Listspinn. „Er wird ebenfalls durch den Zauberspiegel gehen. Wie seine drei Kumpane auch. Wir bringen sie alle ins Vulkanland. In den Drachentempel. DORT werden sie sterben." Listspinn kicherte hämisch, und Willbur, der allmählich offenbar kapierte, fiel mit einem meckernden Lachen ein.

„Mit den armen, armen Drachen, denen sie so großmütig helfen wollten!" gröhlte er. „Das ist gut, Listspinn! Das ist wirklich großartig!"

„Dessen bin ich mir bewußt", räumte der Zauberer kalt ein.

Rajds Herz pochte zum Zerspringen. Seine Füße schleiften über den gefliesten Boden. Zeit verging. Er wagte nicht, die Augen auch nur einen Spalt weit zu öffnen.

Türen wurden geöffnet und wieder geschlossen. Einmal hatte er das Gefühl, daß es über eine steile Treppe abwärts ging. Kälte herrschte. Die Männer, die ihn trugen, wechselten nur ab und zu ein paar belanglose Worte. Jedesmal hielten sie ihre Stimmen wie in großer Ehrfurcht gedämpft.

Wegen Listspinn etwa? Oder wegen Willbur? Nein,

entschied Rajd, die beiden Superratten waren schon vorausgegangen.

Also mußte es einen anderen Grund geben. Rajd blinzelte vorsichtig. Düsternis herrschte. Sie durchquerten gerade einen Kellerraum, eine Gruft, wie sich Rajd gleich darauf schaudernd berichtigte, als er die steinernen Särge erblickte.

Dann sah er auch den Schwarzen Zauberspiegel.

Der Name paßt, fand Rajd. Und wie. Der Spiegel war in einen mächtigen, prunkvoll geschnitzten schwarzen Rahmen gefaßt, ein übermannshohes Ding, das eine spürbare Bedrohung ausstrahlte. Das Glas schimmerte geheimnisvoll, wie die stille Oberfläche eines unergründlich tiefen Waldsees.

Rajd hätte alles darum gegeben, jetzt per Zeitlosem Hüpfer verduften zu können. Aber das ging nicht! Es ging beim besten Willen nicht.

Die Männer schleppten ihn geradewegs auf den Schwarzen Zauberspiegel zu. Rajd rief sich krampfhaft seine Zaubersprüche in Erinnerung. Aber keiner wollte ihm komplett einfallen. Irgendwas fehlte immer. Es war zum Aus-der-Haut-fahren! Er war zu aufgeregt. Und in seinem Bauch wütete die Angst, wurde zu einem Reißen und Zerren, das ihm den Verstand zu rauben drohte.

Kein Spiegelbild war zu sehen, nicht einmal jetzt, als die Prozession vor dem Zauberspiegel angekommen war – und weiter darauf zuschritt. Die Männer knurrten unwillig, als sich Rajd unvermutet in ihrem Griff aufbäumte. Aber er kam nicht frei.

„Tolle Erfindung“, brummte einer und tat so, als gebe es den Verspielten König gar nicht. „Man latscht hier in den Spiegel hinein – und zack! kommt man Hunderte von Meilen entfernt im gleichen Augenblick in der Rost-Zitadelle beim Drachentempel wieder heraus. Das nenne ich Fortschritt. Keine wochenlangen Fußmärsche mehr!“

„Halt's Maul!“ antwortete der andere. „Der Fettkloß braucht nicht zu viel zu wissen. Listspinn hat angeordnet, daß er dumm sterben soll. Klar?"

Im nächsten Moment traten die Schergen mit dem Verspielten König in die schimmernde, kalte Fläche des Spiegelglases hinein. Rajd spürte prickelnde Kälte. Kurz herrschte Schwärze. Dann kamen sie auf der anderen Seite aus einem ähnlichen Spiegel wieder heraus. Die Schmerzen waren wieder da. Rajd begriff gerade noch, daß dieser Spiegel wirklich eine Art Tor war. Ein Tor, das von Egelers Palast auf der Schwimmenden Blütenstadt Xalyra direkt ins Vulkanland führte!

11. Flucht aus dem Todes-Kerker

Gierige Flammen loderten durch Mischas Verstand und drohten, ihn von innen her zu verbrennen. Er wälzte sich auf der Pritsche herum, seine Finger krallten sich in die stinkenden Strohbündel. Am liebsten hätte er geschrien, aber das tat er nicht. Er wollte ihnen seinen Schmerz nicht zeigen. Er wollte nicht, daß *sie* sich hämisch darüber freuen konnten. Mischa drückte die Augen zu und grub seine Zähne in die Unterlippe. Das half; ein wenig zumindest.

Seine Gedanken klärten sich, und er erinnerte sich daran, daß das auch gestern so gewesen war. Und vorgestern. Und –

Wie lange er schon in diesem Kerker eingesperrt war, das konnte er kaum mehr sagen. Es mußte länger als eine Woche sein, und diese Gewißheit brachte die Schmerzen zurück und ließ sie gleich flüssigem Feuer durch seine Adern kreisen.

Behutsam richtete er sich auf, stöhnte, strich seine Haare zurück und entspannte sich, als er feststellte, daß der bucklige, zahnlose Wärter namens Elknalp nicht da war.

Normalerweise kauerte er draußen, vor den Gitterstäben, schnarchte oder unterhielt sich mit seiner dressierten Ratte. Manchmal trank der Mann auch, und dann trat er das Tier und zwang es, zu seinem Gegröhle und zu seinen Fußtritten zu tanzen.

Mischa atmete durch. Die Schmerzen ließen nach. Seine Hände strichen über die zerfetzten Kleider. Die Drachenjäger hatten ihm nur die lederne Hose, die Mokassins und das Hemd gelassen, und alles war in einem erbarmungswürdigen Zustand schmutzig. Eine Waschgelegenheit gab es in dieser Zelle nicht. Selbst seine Notdurft mußte er so verrichten, in die hinterste Ecke des Raumes gekauert.

Er war gefangen, und so, wie es aussah, gab es für ihn keine Hoffnung darauf, jemals wieder freizukommen. Die Wände waren aus großen, schweren Basaltblöcken gemauert, die sich fugenlos ineinanderfügten. Die Decke war beängstigend niedrig. Bei einem seiner ersten Erwachen hatte er sie dicht über seinem Gesicht hängen geglaubt, und seit diesem Augenblick wurde er die Furcht nicht mehr los. Eine leise, beständige Ahnung. Die Angst davor, zerquetscht zu werden. Platzangst.

Hoffnungslosigkeit wollte ihn überwältigen. Mischa biß seine Zähne tiefer in die Lippe hinein, bis er erste Blutstropfen schmeckte, etwas intensiv Salziges, das ihn wieder einigermaßen zur Besinnung brachte.

Die Drachen. Denk an die Drachen, redete er sich selbst zu. Bisher hatte ihn gerade das Wissen um ihr Schicksal noch durchhalten lassen. Das Eingesperrtsein in dieser engen Zelle hatte ihn nicht zermürbt. Noch nicht. Aber der Zeitpunkt, an dem es so weit war, war schon abzusehen. Schon jetzt quälten ihn jede Nacht fürchterliche Alpträume. Er glaubte Schreie zu hören, furchtbare Schmerzens- und Todeslaute. Zerfetzte, ausgefranste, wimmernde Stimmen und hemmungsloses Schluchzen.

Dabei wußte er ganz genau, daß er völlig allein war hier unten. Da war niemand. Nur er. Seine Freunde hatten sie in anderen Bereichen untergebracht. Und die Angst kroch wie ein feines Gift durch das Sickerwasser, das die Korridore draußen in großen Pfützen bedeckte. Sie kroch näher und näher. Mit jeder Nacht. Obwohl Tag und Nacht hier unten ein- und dasselbe waren. Mischa konnte sie nur durch seinen Schlafrhythmus auseinanderhalten. Oder durch die Mahlzeiten, die ihm der Wärter brachte.

Die Drachen, sagte er sich wieder. *Und meine Freunde. Lee. Rajd. Und El Botzo. Wo mögen sie jetzt sein? Leben sie überhaupt noch?*

Aber gleich darauf kam die Resignation wieder. Stärker als je zuvor. *Zu spät,* pochte es höhnisch in seinen Schläfen. *Es ist zu spät. So oder so, wir alle sitzen schon viel zu lange in irgendwelchen von diesen Drecklöchern der Drachenjäger fest. Hilflos.*

Auch Lee und Botzo waren geschnappt worden. Auch sie hatten Listspinns Schergen durch den Schwarzen Zauberspiegel aus Egelers Palast auf der Schwimmenden Blütenstadt weg und hierher gebracht. Hierher. In die finsteren, nassen, stinkenden Tiefen dieser Rost-Zitadelle. Ins Drachenland. Ganz in die Nähe des Drachentempels.

Mischa stand auf, durchquerte sein Verlies und zählte unwillkürlich die Schritte. Drei waren es von der Pritsche bis zu den Gitterstangen, die ihn von der Freiheit trennten. Jenseits der Stangen lag der Korridor, ein langer, dunkler Schacht, der waagrecht und schmutzstarrend zu beiden Seiten in Düsternis davonführte. Dort draußen, ganz in der Nähe des wurmstichigen Tisches und des Schemels, auf dem Elknalp normalerweise hockte, lag der Zauberstein. Listspinn ging kein Risiko mehr ein. Mischa wußte allerdings nicht, wie es der Zauberer geschafft hatte, ihm das Juwel über den Kopf zu streifen. Da es nach wie vor da draußen lag, stand allerdings fest, daß er sich noch immer hütete, es direkt anzufassen.

So nah. Und doch unerreichbar fern. Mischa starrte den Zauberstein an, spürte das schwache Glimmen in der Tiefe der Facetten mehr, als daß er es tatsächlich sah – und wandte sich ab.

In der Mitte der Gitterstäbe-Wand war eine schmale Gitterstab-Tür eingelassen. Eineinhalb Schritte weiter kam bereits die nächste Wand. Wenn er einmal im Viereck gehen wollte, immer an den Basaltmauern entlang, dann benötigte er dafür genau zwölf Schritte. Viermal drei Schritte.

Die Magie der Zahlen – und der Zeit.

„Meine Zeit ist erst gekommen, wenn drei mal vier dreizehn Tage ergibt – und keine Entscheidung gefallen ist."

Ratzels Worte. Und dieser Kerker – vier mal drei Schritte. Sekundenlang konnte Mischa überhaupt nichts denken. Die Ungeheuerlichkeit seiner Feststellung erschütterte ihn zutiefst, durchraste ihn, füllte ihn mit Leere. „Wie viele Tage sind vergangen?" murmelte er und erschrak über den rissigen Klang seiner eigenen Stimme. Zwölf Tage. Er hätte wetten können. Die Magie der Zahlen.

Mischas Atem beschleunigte sich.

Wieder an der Gitterwand angekommen, hielt er an. Draußen, im Halblicht des Korridors, sah er eine huschende Bewegung. Die Ratte des Wärters schnupperte an dem Stuhlbein, richtete sich auf, putzte sich die langen Barthaare. Schwarze Knopfaugen glühten.

In diesem Moment hörte Mischa das laute Klirren eines Schlüsselbundes, dicht gefolgt von harten, knirschenden Geräuschen. Eine Gittertür im Flur draußen wurde aufgeschlossen, aufgedrückt – und quietschte in rostigen Scharnieren.

Schritte näherten sich. Harte Ledersohlen knirschten auf dem dreckigen Boden, platschten durch Pfützen. Die Echos hallten im Gang wider.

Dann hörte Mischa auch die Stimmen.

Diesmal kam Elknalp nicht allein. Fackelschein leckte über die gemauerten Wände. Wucherpilze leuchteten wie dicht zusammengedrängte Glühwürmchen.

Mischa schluckte. Aufregung pulste in ihm.

Er eilte zu seiner Pritsche zurück, flankte darauf und tat so, als schliefe er.

Die Ratte draußen verschwand blitzartig unterm Tisch.

„Sieh an! Unser Wildfang ist ganz brav und manierlich geworden!"

Mischa fuhr hoch, spielte den total Überraschten. Er blinzelte in die glostende rote Helligkeit, die die beiden Fackeln versprühten. Er tat, als würde er erschrecken. Das fiel ihm nicht einmal so schwer.

Drei Schatten hatten sich vor den Gitterstäben aufgebaut. Elknalp. Ein Söldner. Und – Listspinn!

Dieses Mal trug er keine Kapuzenmaske, sondern nur ein hämisches Grinsen. Er war ein Kahlkopf. Kein Härchen bedeckte sein Gesicht oder seinen Schädel. Nicht einmal Augenbrauen hatte er.

Die Glatze schimmerte im Fackellicht. Die grausamen, schräggestellten Augen ebenfalls. Der wulstige Mund war leicht geöffnet, die großen Pferdezähne gebleckt. An den Elefantenohren des Zauberers baumelten noch größere Silberringe. Quer über die Stirn verlief eine Narbe; sie war breit und schlecht verheilt.

Kein Wunder, daß der Kerl irgendwie einen Dachschaden hat. Und bei dem Gesicht – erst recht kein Wunder, daß er gern Kapuzenmasken aufsetzt. Das hat also auch rein modische Gründe.

Mischa sagte es Listspinn.

Vielleicht konnte er ihn ja provozieren. Vielleicht konnte er ihn so reizen, daß er die Gittertür aufschloß . . . Dann würde man weitersehen. Mischa schielte zu seinem Zauberstein hinüber.

Sein Plan ging nicht auf.

Listspinn hielt die Luft an – wie auch seine beiden fackelhaltenden Begleiter. Dann lachte er. Laut. Meckernd. Wie der Leibhaftige persönlich.

Und Listspinns hagerer Brustkorb zuckte unter dem

Lachen. Die schwarze Kleidung war wie Rauch, wie lebender, fest zusammengeballter Rauch.

Listspinn hob seine Hände. Die bleichen Finger klammerten sich an den Gitterstäben fest.

„Komm her zu mir, mein mutiger junger Freund", lockte er mit hinterhältig-sanfter Simme. „Komm her, damit du auch jedes Wort gut verstehst."

Mischa blieb auf der Pritsche sitzen.

„Auch gut", meinte Listspinn. „Dann vernimm dein Todesurteil sitzend. Denn sterben wirst du. Noch in dieser Stunde." In seinen Augen glitzerte Grausamkeit. „Ich lasse mir meine Pläne nicht mehr von dir durchkreuzen. Du stirbst. Jetzt. Und nachher, bei Sonnenaufgang, sind deine Freunde an der Reihe. Ich habe sie bereits nach draußen schaffen lassen.

Du willst wissen, was für einen Tod ich für sie vorgesehen habe? Oh. Gerne befriedige ich deine Neugier. Sie werden geopfert. Auf dem Berg Daragoss. Im Drachentempel. Sie werden zusammen mit dem ausschlüpfenden Drachen sterben – und damit meinen Zaubersprüchen noch mehr Macht verleihen."

„So schafft ihr es also, die Drachen blindlings in die Falle zu locken", spie Mischa angewidert hervor. Er hatte es längst geahnt, befürchtet – aber jetzt hatte er die Gewißheit. Mit Menschenopfern wurden die Drachen angelockt.

Aber da war noch etwas.

Freude. Zuerst nur ein Funke, tief in Mischa. Der Funke wuchs. Wärmte ihn. Gab ihm Mut und Hoffnung. Denn das eben Gehörte bedeutete doch auch – *daß die Drachen noch am Leben waren!*

„So locken wir sie in die Falle, ja. Mit meiner Zauberkraft und mit dem Schatz aus dem Drachentempel. Mit dem juwelengeschmückten Drachenhorn. Dem Horn des Ur-Drachen.

Wenn sich Zaubermacht mit diesem Schatz vereint, dann sind die Drachen blind und taub und leichter zu führen als eine Hühnerherde. Dann sind sie nur noch eine Horde dummes Schlachtvieh!"

Abrupt wandte er sich ab, warf seinen weiten, schwarzen Umhang über die Schultern zurück und schritt davon. Der Söldner und Elknalp folgten ihm.

Eine Stunde, hallte es in Mischa wieder.

Dann versteifte er sich! Er hatte etwas gehört, das ihm das Blut in den Adern gefrieren ließ. Über sich!

Ein Mahlen. Ein dumpfes Schleifen und Schaben, als würde Stein über Stein gezogen.

Mit einem erstickten Laut wirbelte Mischa herum und sah, wie seine schlimmsten Befürchtungen Wirklichkeit wurden!

Die Decke setzte sich in Bewegung. Langsam, unerbittlich langsam sank sie auf ihn herunter!

★

Mischa ging in die Knie. Die Decke sank schneller. Schon berührte der kalte Stein abermals seinen Kopf und drückte. Das Mahlen und Schleifen wurde lauter.

Mischa zog den Kopf ein, robbte zu seiner Pritsche hinüber, riß sie herum und stellte sie aufrecht. Das Knirschen des Holzes fraß sich wie ein körperlicher Schmerz in seine Ohren. Die Decke drückte herunter, immer weiter, immer schneller!

Der Zauberstein!

Mischa warf sich atemlos auf den Bauch, hörte im Hintergrund das Krachen, mit dem die ersten Holzstangen der Pritsche knickten, und starrte auf den Korridor hinaus. Das Juwel funkelte. Mischa streckte eine zitternde Hand durch die Gitterstäbe, rutschte vor, bis seine Schulter ihn bremste. Zu weit!

Mischa sah, wie sich die Ratte unter dem Tisch vorbewegte.

„Gib ihn mir", sagte er – in der piepsenden, zischelnden Sprache der Ratten.

Das Tier starrte zu ihm her, überrascht, von einem Menschen auf diese Art angesprochen zu werden. „Bitte“, fügte Mischa hinzu. „Schieb mir den Stein herüber.“

„Der Wärter will es nicht“, fiepte die Ratte zurück. Ihr Nackenfell plusterte sich auf.

„Du bist ihm nicht zu Dank oder Treue verpflichtet, so wie es aussieht. Er schlägt dich.“

„Er ist ein Mensch. Alle Menschen hassen Ratten.“

„Nicht alle.“

„Du nicht?“

Mischa schüttelte den Kopf. „Ich hasse kein Tier. Auch dich nicht. Und das nicht nur, weil ich etwas von dir erbitte.“

„Du stirbst, wenn ich dir nicht helfe.“

Mischa nickte und schluckte. Seine Augen schwammen in Nässe. „Schieb den Stein herüber. Bitte.“

Und die Ratte setzte sich in Bewegung, tippte das Juwel mit ihren zuckenden Nüstern an – es geschah nichts. Sie schob beherzter. Mischa schluchzte. Die Decke sank schneller. Die Pritsche zersplitterte endgültig.

Noch wenige Zentimeter, dann krachte die Decke vollends auf den Boden . . .

Dann war die Ratte da, und Mischa keuchte „Danke“ und riß den Zauberstein hoch – und richtete das grelle Aufstrahlen gegen die Gitterstäbe. Feuer spritzte. Die Stäbe zerschmolzen. Glutflüssiges Licht brauste nach draußen. Mischa schnellte sich durch die knisternde Lücke und hinter ihm krachte die Decke auf den Boden!

★

Mischa war unterwegs. Wie ein körperloser Schemen huschte er die Schwärze der endlosen Korridore entlang. Die Ratte führte ihn.

„Einer deiner Freunde ist noch hier“, sagte sie.

„Wer?“

„Der kleine. Ein Kobold, der nach Käse stinkt!“

Vier Minuten später war auch El Botzo befreit – in dreifacher Hinsicht. Mischa sprengte die Gittertür des Kerkers auf, nahm dem Kleinen den stinkenden Knebel ab und die magischen Ketten, mit denen er buchstäblich eingewickelt war.

Dann gab Mischa El Botzo die Hand – und sah das zitronengelbe Leuchten aufflammen – und dann beförderte sie der Kobold per Zeitlosem Hüpfer aus den Tiefen der Verliese fort.

Konnten sie noch rechtzeitig genug in den Drachentempel kommen? Konnten sie das Schlimmste noch verhindern?

Zu zweit gegen eine ganze Armee!

Es war aussichtslos, und Mischa wußte es. Aber er gab trotzdem nicht auf!

12. Drachenzauber

Das Ritual begann!

Dumpfe Trommelschläge erklangen und Thay-Lee bäumte sich in ihren Fesseln auf. Vergebens! Die dünnen Lederriemen, mit denen sie an den übermannshohen Pfahl gefesselt war, hielten unerbittlich. Mit einem zornigen Fluch gab sie es auf, atmete tief durch und rief sich zur Ruhe, so gut das eben ging.

Und dann geschah es! In einer lodernden Feuersäule brach die Luft in der Mitte des Podestes auf. Direkt vor Thay-Lee, Rajd und dem aufrecht gestellten Drachenei, das bisher nur wie ein riesenhafter Stein gewesen war. Rotes Leuchten überschüttete alles, verästelte sich und vereinte sich mit dem Gluten des Morgenlichts. Die Luft schien zu bluten. Aus lodernden Flammenzungen heraus entstand ein dürrer Schemen in weitem, schwarzen Umhang und mit einer düsteren Kapuzenkutte!

Listspinn, der Zauberer, war gekommen!

Er riß die Arme hoch, und die Dämonen brüllten und

kreischten noch lauter und wälzten sich auf dem Tempelboden.

Die Sonne stieg höher, und Lee hätte alles dafür gegeben, wenn sie die Macht gehabt hätte, den Glutball durch Zaubermacht anzuhalten, so wie Ratzel dies getan hatte.

Sechs Zygg stolzierten inmitten einer drängelnden und stoßenden Wächterschar herbei. Einer von ihnen trug etwas Großes, Gekrümmtes – etwas, das wie ein übermächtiger Krummsäbel aus Elfenbein aussah.

Aber das war kein Säbel.

Es war ein Horn. Ein mächtiges Drachenhorn, verziert mit Tausenden und Abertausenden von Juwelen. Es war der kostbarste Schatz des Drachentempels – und gleichzeitig ein fürchterliches Macht- und Mordinstrument.

Listspinn wirbelte über das Podest, geiferte Worte in unverständlicher Zaubersprache und feuerte die Zygg-Dämonen an.

„Kara Romm! Kara Romm! Bringt mir das Horn! Bringt mir das Horn!"

Seine Hände schossen vor. Die Dämonen reichten ihm ehrerbietig das Drachenhorn. Die Zeremonie nahm ihren schrecklichen Lauf. Schreien und Trommeln steigerte sich. Sturm brüllte in dem offenen Zeremonienraum. Der Boden vibrierte.

Listspinn hob das Drachenhorn, ruckte herum – und kam auf Lee zu.

„Du stirbst zuerst, Amazonenmädchen!" grollte er und hob das Drachenhorn mit beiden Händen über seinen Kopf.

Lee hörte ein leises Rauschen. Diesmal war es kein unheimlicher Zaubersturm. Nein, so klang es, wenn zahllose Drachen über den Himmel schwärmten, wenn große Flügel die Luft schlugen und schwere Körper voranstießen.

„Die Drachen kamen!

Sie standen bereits unter Listspinns Zaubermacht!

„Ja, sie kommen, diese hirnlosen, dummen Kreaturen",

giftete der Zauberer. „Sie kommen! Der Zauber wirkt bereits! Mit deinem Tod wird er noch mächtiger. Mit dem Tod deines Freundes Rajd noch mehr. Und dann – wenn sich das Drachenei senkt, das ebenfalls hier steht, ist der Zauber perfekt! Dann wird es kein Entkommen mehr geben für die letzten der Drachen! Aber das erlebst du nicht mehr!

Jetzt – stirb!" kreischte Lichtspinn, und seine Hände rammten das Drachenhorn auf Thay-Lee hinunter . . .

★

El Botzo steuerte.

Er hatte die Drachen herbeigeholt, und er hatte Flamm, den jungen Anführer, gebeten, auf ihm reiten zu dürfen. Zusammen mit Mischa, natürlich.

Trommelschlag brandete aus dem Tempel zu ihnen herauf, gefolgt von Singsang, wildem Schreien und Kreischen. Rauch waberte. Mischa sah die wirbelnden Schatten im nicht überdachten Zentrum des Tempels.

„Das Zauber-Ritual hat schon begonnen!" schrie Mischa gegen das Wüten des Flugwindes an. „Schneller, Flamm! Schneller!"

Dann sah er die wogenden Dämonenkörper. Den Podest, auf dem Rajd und Thay-Lee an Pfähle gefesselt waren. Auf dem auch das Drachenei stand.

Und er sah – Listspinn!

Der Zauberer hielt ein riesenhaftes Horn in beiden Händen – und stieß damit zu!

Er wollte Lee töten!

Mischa handelte blitzartig. Er riß den Bogen hoch, den ihm Botzo vorhin ‚besorgt' hatte. Der Pfeil lag auf der Sehne. Freihändig auf dem Drachen reitend zielte Mischa und ließ seinen gefiederten Todesboten von der Sehne schnellen.

Listspinn brüllte auf!

Der Pfeil rammte gegen das Drachenhorn, schmetterte es beiseite, bevor es Thay-Lee treffen konnte!

In diesem Augenblick verschwand El Botzo per Zeitlosem Hüpfer von Flamms Kopf – und tauchte im nächsten Sekundenbruchteil direkt vor Listspinn auf. Der Kleine schnappte sich das Zauberhorn, bevor der Zauberer das tun konnte. Mit Kräften, die Mischa niemals im Körper des Kleinen vermutet hätte, wuchtete er das Horn hoch, schrie „BANZAAAAIIII!“ und knallte es Lichtspinn vors Hirn, das Horn!

Die Wirkung war verheerend!

Listspinn hob es aus den Schuhen. Dann krachte er auf die Bretter. Und blieb liegen.

Im nächsten Moment brauste Flamm in den Tempel hinein. Tausendfache Entsetzensschreie gellten. Die anderen Drachen waren einen Moment später da, eine flatternde Masse, die den Himmel und den Sonnenaufgang verdunkelte. . .

Der entscheidende Kampf begann!

★

Mischa sprang geschmeidig von Flamms Rücken und hetzte geduckt durch die Massen der zurückwogenden Dämonen. Schreie gellten, daß seine Trommelfelle zu platzen drohten. Die Wesen aus Feuer und Asche zogen sich in rasender Furcht in die Dunkelheit der Korridore zurück. Sie waren feige. Und als sie jetzt ihr Zauberritual gestört und Listspinn überwältigt sahen, als sie sahen, daß die Drachen diesmal nicht als hilflose Opferlämmer kamen, die man nur abzuschlachten brauchte, da kannten sie nur einen einzigen fiebrigen Gedanken: Flucht! Zurück in die Sicherheit der warmen Tiefe unter den Vulkanen! Weg von hier!

Den Helfershelfern Listspinns und Egelers erging es kaum besser. Nur einer versuchte, das fliehende Mordgesindel aufzuhalten.

Willbur!

Trotz der schwarzen Kapuzenmaske erkannte ihn Mischa.

Botzo befreite Rajd und Lee und brachte sie per Zeitlosem Hüpfer erstmal in Sicherheit.

Listspinn rappelte sich wieder auf und ergriff das am Boden liegende Drachenhorn. Er wollte es Mischa entgegenschleudern. Aber diesen Vorsatz konnte er nicht mehr zu Ende führen. Vielleicht stolperte Listspinn über die eigenen Füße. Vielleicht war er einfach noch zu zittrig auf den Beinen. Auf jeden Fall stolperte er, kippte wie in Zeitlupe nach vorn – und direkt in die Spitze des geheimnisvollen Drachenhorns. Er begrub das mörderische Ding unter sich. Im gleichen Moment löste sich sein menschlicher Körper auf, wurde zu dem einer Fledermaus – und zerfiel dann zu davonwehender Asche!

Das gab den Zygg-Dämonen und den Drachenjägern den Rest! Endgültig! Sie spritzten schreiend davon!

Willbur nicht! In einem irrwitzigen Zerstörungswahn wollte er das Drachenei zerschmettern!

Mischa sprang mit einem geschmeidigen Satz aufs Podest.

„Willbur!“ brüllte er, und sein Schrei brach sich an den Steinmauern.

Der Sohn des Großkönigs wirbelte mit einem heiseren Schreckenslaut herum.

Mischa erwartete ihn. Breitbeinig stellte er sich hin. Die Klinge in seiner Hand schien Tonnen zu wiegen. Sie zog nach unten.

Wenn du ihn tötest, stellst du dich auf die gleiche Stufe wie er, flüsterte etwas tief in ihm.

Es gibt andere Arten, ihn wirksam zu bestrafen, raunte die Stimme weiter.

Mischa lächelte – ein hartes Wolfslächeln, das seine Augen nie erreichte.

Willbur stürmte mit gezücktem Schwert heran, schwang die Klinge – und –

Mischa parierte den mörderischen Schlag. Silberfunken spritzte davon, das helle Klirren von Stahl auf Stahl erfüllte den gigantischen Raum.

Mischa tänzelte herum. Willburs nächster Schlag kam senkrecht. Wieder parierte Mischa, drang auf den Sohn des Großkönigs ein, rammte ihn mit der Kraft des in ihm schwelenden Zornes zurück. Willbur taumelte und knurrte. Mischa glitt beiseite. Er wollte den Kampf nicht unnötig ausdehnen. Willbur griff wieder an. Mischa ließ sein Schwert fallen, tauchte blitzschnell unter dem Hieb durch, kam hinter Willbur wieder hoch – und versetzte ihm einen Tritt in den Hintern, der den muskulösen Burschen vom Podest hinunter und in einen breiigen, grün-braunen Fladen auf dem Boden hineinkatapultierte!

„Ach, du liebe Schei –", entfuhr es Botzo. Aber er konnte sich noch rechtzeitig zurückhalten.

Willbur, der maskierte Drachenmörder, zappelte fluchend in einem ansehnlichen Haufen. Im Endprodukt einer perfekt funktionierenden Drachenverdauung, um ganz genau zu sein.

★

Damit war der Kampf entschieden.

Die Drachen räumten auf – buchstäblich mit Feuer und eisernem Besen. Die Zygg flohen panisch in die Tiefen der Erde zurück, und fortan gehörte der Drachentempel im Vulkanland wieder seinen ursprünglichen und rechtmäßigen Besitzern, den Drachen.

Mischa übergab Flamm das Heilige Horn des Ur-Drachens, durch das die Zygg und Listspinn Macht bekommen hatten über das ganze Volk der Drachen. Jetzt war der Bann gebrochen, ein für allemal. Nie wieder würden Drachenmörder so leichtes Spiel mit den gewaltigen Wesenheiten des Vulkanlandes haben!

Der Aufruhr war unbeschreiblich. Ein richtiger Freudentaumel, schlimmer als das Wüten der Dämonen vorhin, erfaßte die Drachen. Sie tanzten, zogen mit lauten Freudenrufen über dem Drachentempel ihre Runden – und brüllten ihren Sieg hinaus.

Unauffällig zogen sich Mischa, Rajd, Botzo und Lee irgendwann zurück. Erst jetzt stellte sich bei ihnen die Erleichterung ein. Wenn Mischa genau hinhörte, konnte er gigantische Steinbrocken von seinem, Lees, Botzos und Rajds Herzen poltern hören. Sie hatten es geschafft – gegen jede Chance! Wahnsinn! Sie umarmten sich stumm.

Später hockten sie sich in einen dunklen Winkel des Drachentempels und berichteten sich gegenseitig, was sie erlebt hatten. Besonders Rajd konnte sich gar nicht beruhigen und gab seine Schilderung vom Schlag mit der Schlagsahnefaust zum hundertsten Mal zum Besten.

„Ich glaube, das hängt tatsächlich mit dem Schlag vors Hirn zusammen, den mir Willbur verpaßt hat", erklärte er gerade wieder einmal. „Das hat irgendwie meine Zauberkräfte angepowert."

„Und das bedeutet?" fragte El Botzo nur scheinbar interessiert.

„Daß ich in Zukunft meine Zauberexperimente mit Volldampf vorantreiben muß!" erklärte Rajd im Brustton der Selbstverständlichkeit. „Ich muß das Eisen schmieden, solange es noch warm ist. Stellt euch vor, ich könnte die Zeit anhalten, wie Ratzel. Oder die Sonne stehenbleiben lassen. Zack! Einfach so. Oder –"

„Und das alles nur wegen einem Schlag vor den Kopf", tönte Botzo fassungslos.

„Es hat etwas damit zu tun. Bestimmt . . ."

Botzo widersprach.

Das Diskutieren ging los. Gleich darauf der Streit. Die beiden waren wieder in ihrem Element.

Thay-Lee und Mischa beeilten sich, wegzukommen, bevor die Fetzen flogen. Die Schimpfkanonade Rajds und der Streit allgemein würden bestimmt Tage dauern.

Der Verspielte König konnte sehr sauer reagieren, wenn man seine Begeisterung in Sachen Zauberei dämpfte.

„Und jetzt?" erkundigte sich Lee und hängte sich bei Mischa ein.

„Wir baden, sehen zu, daß wir frische Kleider kriegen, helfen den Drachen, sämtliche Drachenjäger zu fassen und vor einen gerechten Herrscher zu bringen, der sie für ihre Verbrechen bestraft. Auch Egeler, der auf der Schwimmenden Blütenstadt zurückgeblieben ist. Dann –"

„– dann kehrt ihr in den Verbotenen Wald zurück", sagte eine sanfte Stimme hinter ihnen. „Zur Hexe Ratzel, die heute mit den Drachen zusammen gerettet worden ist. Und die für euch einige wichtige Informationen bereithält. Diejenigen nämlich, wo ihr die letzten drei Zutaten für euren Zaubertrank findet . . ."

Mischa drehte sich ganz langsam um.

Aber da war niemand.

Trotzdem wußte er, wer da gesprochen hatte.

Thay-Lee auch.

„Scheeba", murmelte die Anführerin der ehrenwerten jugendlichen Diebe staunend und eigenartig berührt. Ein heißer Atemhauch schien über Mischas Rücken zu streichen.

„Der Weg ist das Ziel", wehte eine freundliche Stimme heran – und wurde verschluckt von neuem Aufruhr und großem Hallo.

Auf dem Podest im Zentrum der Zeremonienhalle schlüpfte soeben der letzte junge Drache aus seinem Ei, schleuderte die Schalen von sich, piepste, hüpfte auf schwachen Füßchen herum. Dann erblickte er Mischa. In den großen, dunklen Augen glühte es auf.

„Oh nein!" flüsterte Mischa.

„Oh doch", lachte Thay-Lee.

Und der Mini-Drache setzte sich hüpfend und schwankend und watschelnd in Bewegung, auf Mischa zu.

„Krrrk!" machte der Winz-Drache dabei. Immer wieder: „Krrrk!"

ENDE

Liebe CAMELON-Freunde!

Phantastisch spannend, nicht? Bestimmt habt Ihr nach diesem haarsträubenden Abenteuer Appetit auf noch mehr CAMELON-Lesefutter bekommen! Drei dicke CAMELON-Bücher gibt's schon (weitere folgen). Jeder Band ist geschrieben von Martin Eisele, einem der bekanntesten deutschen Fantasy-Autoren. Jeder Band mit vielen tollen Zeichnungen und noch mehr atemberaubenden und turbulenten Abenteuern Eurer vier Lieblinge Mischa, Rajd, Thay-Lee und El Botzo, dem Kobold mit dem Lästermaul!
Hier stellen wir Euch die Knüller vor:

Das Geheimnis der Geisternebel

Hochspannung auf der sagenhaften Märchenwelt Camelon:
Im Schattenturm wird es für Mischa, den Jungen von der Erde, gefährlich. Er ist nicht allein in dem verfallenen Gemäuer. Gespenstische Nachtkreaturen huschen durch das Treppenhaus und die leeren Räume und kommen unaufhaltsam näher . . .
Mischa darf keine Zeit verlieren, denn Thay-Lee wird mit anderen Bewohnern Camelons von den Vogelmenschen und dem Riesen Frostherz im Tal der Geisternebel gefangengehalten! Das Allerschlimmste aber ist, daß sie alle in Tiere verwandelt worden sind!
Und bis zu diesem Tal ist es ein weiter und gefahrvoller Weg über Steppen und durch düstere Schluchten. Wird Mischa aus dem Schattenturm entkommen und diesen Weg gehen können? Oder ist es hoffnungslos? Unterwegs, das weiß er, erwartet ihn die Prüfung der Himmelsfee und die Begegnung mit den Präriehexen. Außerdem wird er den Raubritter vom Mörderpaß überlisten müssen. Und schließlich – wie soll er Frostherz besiegen, der im Auftrag der Meister der Lüge sein Unwesen treibt?
Für Mischa gibt es dennoch kein Halten. Zusammen mit dem Verspielten König Rajd und dem lästerlichen Kobold Bosheit begibt er sich in höchste Gefahr. Aber erst als sie hinter das Geheimnis der Geisternebel kommen, begreifen sie, wie grauenhaft diese Gefahr wirklich ist . . .

Der Zauberstein von Camelon

Die phantastischen Abenteuer auf der Welt Camelon beginnen für Mischa in einer Regennacht zwischen den Ruinen eines uralten Hauses: dort findet er den geheimnisvollen Zauberstein.
Von diesem Augenblick an überschlagen sich die Ereignisse. Mischa wird von schattenhaften Zwergen gejagt und findet sich plötzlich in einer unglaublichen Welt wieder: auf Camelon. Im Sumpf der Tränen. Hier tauchen sehr schnell neue unheimliche Verfolger auf . . . die Astratten! Aber Thay-Lee, die junge Amazone, hilft ihm weiter. Und da ist auch noch der dicke jugendliche Verspielte König Rajd, der am liebsten ein toller Zauberer wäre, mit seinen Zaubereien aber nichts als Chaos anrichtet.
Auf der Suche nach den Meistern der Lüge geraten die drei Kinder von einem turbulenten Abenteuer ins nächste – im Sumpf-Urwald, in der Wüste der Einsamkeit, in einer verzauberten Oase. Sie treffen auf die wunderlichsten Tiere und Wesen, sogar auf sprechende Blumen. Auch der Kobold El Botzo macht seinem Namen Ehre und mischt kräftig mit.
Aber Mischa gibt nicht auf. Er will die Geheimnisse des Zaubersteins ergründen, um den sich alles dreht. Und er will die Gefahren Camelons bestehen und wieder auf die Erde zurückkehren. Die Entscheidung fällt im Märchenpalast der Wüstenmenschen . . .

Hexensturm über dem Teufelsmeer

Auf Camelon, der phantastischen Welt der Abenteuer und der Magie, beginnt die atemberaubende Jagd auf die Meister der Lüge!
„Wenn ihr das Geheimnis der Meister lüften wollt, so findet Zaleikar, den Weisen Mann, der weder lebt noch sterben kann!" Klar, daß Mischa, Rajd, Thay-Lee und der Kobold El Botzo keine Mühen scheuen, um diesem Tip nachzugehen. Sie wollen endlich wissen: Wer sind die Meister der Lüge? Und warum setzen sie immer wieder alles daran, Mischa und den Zauberstein in ihre Gewalt zu bringen?
Auch jetzt scheinen sie über jeden Schritt der Freunde Bescheid zu wissen. Alptraumhafte Gefahren drohen überall: Schwarz gepanzerte Ritter verfolgen sie bis zur Kristallstadt. Und dann bricht auch noch der Krieg aus auf Camelon. Mischa und seine Freunde müssen sich durch das Kampfgetümmel schlagen – nur so gelangen sie zum Teufelsmeer. Nach unglaublichen Abenteuern mit Piraten, sagenhaften Meerlebewesen und mit den Dieben der Schwimmenden Stadt finden sie Zaleikar tatsächlich. Doch bevor er helfen will, sollen Mischa und seine Freunde erst einmal sein fürchterliches Dasein bessern. Das geht nur mit einem Zaubertrank . . .
Als über dem Teufelsmeer der Hexensturm losbricht, ist scheinbar alles verloren! Können die Freunde die Schwimmende Stadt retten? Finden sie die Spur zu den Meistern der Lüge?